Georg Haidlberger

Hofmannus Seminiverbius

Der leere Schwätzer und Wortmacher Casparus Hofmannus

Georg Haidlberger

Hofmannus Seminiverbius
Der leere Schwätzer und Wortmacher Casparus Hofmannus

ISBN/EAN: 9783743604070

Hergestellt in Europa, USA, Kanada, Australien, Japan

Cover: Foto ©Raphael Reischuk / pixelio.de

Weitere Bücher finden Sie auf **www.hansebooks.com**

HOFMANNUS
SEMINIVERBIUS
Das ist
Der läre Schwätzer vnd Wortmacher/
CASPARUS HOFMANNUS,
Wegen vnerweißlicher/ durch jhne jüngsthin/ vnder dem Titul:
Der ärgerliche Theologus/ꝛc.
Patri Haidlberger
Vößlich auffgedichteten/ vnd in Truck gefertigten
CALUMNIEN,
Auch wegen sonst vilfältigen Fräbel vnd Vnwarheiten/ auff der Warheit Schaw-Bühne herfür gezogen/ vnd castigirt
Von
P. GEORGIO HAIDLBERGER
Der Societet JESU Priestern vnd Thum-Predigern in Augspurg.

Neben Hofmannischen Schmach-Blättern von Wort zu Wort an der Seiten beygetruckt.

Cum facultate Superiorum.

Getruckt zu Augspurg bey Simon Vßschneider/ Buchtruckern alldr.
Im 1655. Jahr.

Zufinden bey Johann Caspar Bucher / Buchbindern zu Augspurg/
in der Carmeliter Gassen.

Opus est, ut opinor, amatori Veritatis robore animi &c. labor animi fubeundus eft propter hæreſes; ſed non eft omnino deficiendum! *Clem. Alexand. l. 7. Strom.*

Der Warheit Liebhaber (Schirmer) muß meines darfür haltens / hertzhafft ſeyn. Es bedarff Mühe / denen Ketzereyen nachzuſinnen: man ſolle aber das Hertz nit fallen laſſen!

An den günstigen Leser.

Als die Epicurisch vnd Stoische Philosophi zu Athen / dem H. Paulo in jhrem Verstand Act. 17. vorgeworffen: Quid sibi vult Seminiverbius iste? Was will diser Schwätzer? das wird an meinem Gegner fast wahr. So vil man seiner Blätter liset / erinnern sie den Leser immerzu diser Frag: Was will doch diser Schwätzer/ vnd läere Wortmacher? Futili garrulitate loquacium Avium? mit heillosen vnnützem Vogel-Geschwätz? nach Basilij art zu reden/ in c. 1. Isa. Er hat sich vorgenommen/ Patris Haidlberger theils Anti-Lanium, theils/ vnd meistentheils die Erörterung wider Sigismundum Freymuht schrifftlich anzugreiffen: allerdings auff Manier/ als wolt er mit fleiß vor andern den Preyß vnd Titul eines Seminiverbii in Epicurischem Verstand verdienen / so jhme dann zimblich gelungen/ wie mit folgendem erhellen wird. Darumb dann jhme diser Titul auch Pater Haidlberger zukommen lassen; warbey es sein verbleiben hat.

Im übrigen protestirt hie der Author/ daß dise abgefaßte Verthädigung einzig vnd alleinig/ die Warheit vor Gewalt zu retten abzihle. Was entgegen Hofmann vor eine Erlustigung zu ende seiner Schrifftstellung bezeugt/ mit disen Worten: Omnia ad Majorem Confusionem (das ist / alles zu grösserer Schand.) Georgij Haidlberger/ ist jhme sehr vnbesonnen entfallen/ wir vnvergessen jenes: Injuria ex affectu facientis consistit. L. Illud ff. de Injur. & Fam. libell. zihlen auff gut Römisch Catholisch anders nichts ab / als forderst Gottes Ehr/ vnd dann Mayeri sambt allen seines gleichen Bekehrung.

Vor-Erinnerung.
Num. 1.

SOnsten weilen mich Gegner in fortsetzung seiner Schmäch-Charten/ ohne einigen Grund/ vnd Vrsach/ wie allerdingen vnbeweißlich/ also sehr Ehrenrührisch gar offt Vnwarheit strafft / vnd einen Lugner nennet/ wird für rathsam erkennet/ diß Orths einige Kennzeichen / vor den vnpartheyischen Leser auffzusetzen/ Krafft deren er bey einfallendem Zweifel leichtlich zu vrtheilen habe: Vor welchen theil auß denen Streittenden (Catholisch vnd Lutherischen) Partheyen/ in Ermanglung beyfällenden bessern Argumenten die præsumption vnd vernünfftige Muhtmassung hefftiger ampte? vnd weme folgendlich/ billicher glauben zuzumessen seye? summa/ welches auß beeden glaubwürdiger falle: daß der Catholische/ oder vil mehr der Lutherische mit Vngrund auffziehe/ vnd mit Vnwarheit vmbgehe? In Erwegung/ eines theils; quòd semper necessitas probandi incumbit illi qui agit. L. Verius 21. ff. de probat. & præsumpt. Andern theils: quòd ubi est præsumptio contra illum, qui probare debebat, duriori probatione afficitur. Bart. in L. non est verisimile. ff. quod metûs Causa. Wohlan!

Es ist glaubwürdiger / daß jene mit Falsch / Betrug / vnd Calumnien vmbgehen / welche

1. Innerlich kein Göttlich Gebott halten können: Vnd also lauter Gleißner / von falschem Hertzen / äusserlich alleinig gute Wort außgeben: Omnis hæreticus Hypocrita est, aliud agens, aliud simulans, Hier. in c. 9. Isai.

2. Welche Folg ihres Glaubens-Articuls / die Warheit nit reden können: allermassen sie keinen Underscheid zu weisen haben: Warumb die äusserlichen Gebott mögen gehalten werden; die innerlichen aber nit?

3. Welche für sich alles Gesatz abwürdigen / mit jener Grund-Regl tom. 1. leb. f. m. 339. Laßt vns hüten vor Sünden / vil mehr aber von Gesatzen vnd guten Wercken! (NB.) Vnd ist dise propositio ein Prob der vorigen.

4. Welche dem Gesatz (auch nit falsche Zeugnuß zu geben) so feind seyn müssen / daß sie den Gesatz-Geber Moysen / sambt seinem Gesatz / für den ärgsten Ketzer / verdambten vnd verbannten Menschen / der noch ärger sey dann der Pabst / vnnd Teufel selbst / zu halten benöthiget seyn. Luth. Symp. 1567. Francof. f. m. 154. a.

5. Welche Betrug vnd Falschheit so gar gering halten / daß sie nicht allein das Wort Gottes sein keck verfälschen / sondern auch die H. Schrifft selbst / dergleichen verübte Falschheiten rund bezüchtigen: Diß soll dir eine gewisse Regl vnd Gesatz seyn / wann die Schrifft gebiet / daß man ein gut Werck thun

Es ist glaubwürdiger / daß jene mit Warheit / vnd Redlichkeit vmbgehen / welche

1. Eine Religion bekennen / so alle Gebott / innerlich vnnd äusserlich will gehalten haben / vnd zu halten durch Göttliche Gnad möglich haltet.

2. Welche alle Gleißnerey / vnd Unwarheit / so es was wichtiges antrifft / vnder einer Todsünd verflucht. Auch die Obligation nit zu liegen / so gar von Gott indispensabl schätzet.

3. Welche kräfftig darfür halten / jede Todsünd (so wol als der Unglaube) werde proportionaliter mit der Höllen gestrafft.

4. Welche das Gesatz vnnd Evangelium / den Gesatzgeber / vnd den Seligmacher / in gleicher Veneration auffnemmen; einem so wohl als dem andern Gehör zugeben / sich schuldig bekennen.

5. Von deren Religion es weit vnd fern / daß sie auß den Todsünden nur ein Trotz oder Gelächter machen wolten.

6. Wel-

thun soll/solt du es also verstehen / daß
sie verbiet/du solt kein gut Werck thun.
Luth. tom. 3. witt. f. m. 143. a.

6. Welche außer deß Unglaubens vmb keiner Sünde/vnd also weder vmb Unwarheit/ noch falschen Zeugnuß/noch Calumnien willen/einige weder Höll / noch Fegfewr förchten. Besihe hieunden Numerum 89.

7. Welche denen Catholischen zu Trotz Falschheit begehen. Besihe vnden. Num. 80.

8. Welche/ laut Lutheri Underricht / auß denen Sünden nur einen Schertz vnd Gelächter müssen machen: Bin ich nit fromm/ ist doch Sanct Peter auch nit fromm gewesen] Symp. Luth. f. m. 166.

9. Welche jhre eigene (Augspurgische) Grund-vnd Haupt-Confession spöttlich hinweg laugnen. Besihe Anti-Lan. Num. 56. & seqq. Quænam ergo fides apud eos, apud quos nulla verba vel scripta robur habent, sed omnia pro tempore mutantur, & transformantur? Was Trew vnd Glauben ist dann endlich bey jenen / bey welchen weder Wort noch Schrifft Farb halten: sonder alles/ nach änderung der Zeiten verkehrt wird? Athan. de Symb. Arim. & Seleuc.

10. Welche einem Glauben zugethan/ so gleich von der Wiegen an/auff Betrug vnd Ungrund gebawet. Besihe Confess. August. ad Lect. vnd an Carol. V. &c. Per quas a. Causas quæque res nascitur, per easdem & conservatur.

11. Welche Eyferer seyn jenes Vatters/ der sich rühmet/ so man jhm schon die Händ im Sack ertappte/ wolte er dannoch nicht bekennen. Luth tom. 6. Jeh. f. m. 6. Ich will Hertzog Jörgen rc. die Ehr vnnd den Dienst nit thun/daß ich bekennen wolte/ der Brieff wäre mein/ wann schon mein Hand vnd Sigill da wäre.

6. Welche auch vmb geringster Unwarheit willen die Flammen deß Fegfewrs sehr förchten.

7. Wider welche niemahlen erweißlich/daß sie der Heiligen Schrifft/oder den Vättern/ oder jhrer eigenen Gegnern Scriptis, einigen Text/falsch/ oder violenz angethan; vnd dero Wort / oder Verstand etwan verkehret: auch jene verfluchen/ so von den jhrigen etwan dergleichen Stuck wagten.

8. Welche in jhren Schrifften nit nur Seiglhupffen vnd Axelsprüng thun / wie jhr Gegentheil / sonder die Substantz selber angreiffen / vnd beständiglich außfechten.

9. Welche jhre Confession niemahlen in einigem Stuck verändert / verlassen / oder gelaugnet: als die auff das Apostolische Alter vnd Warheit gebawet / vnnd also den Titul Catholisch / Apostolisch / vnnd Evangelisch billich / wider all jhre

12. Welche jhre selbst eigne Lehrmeister (die allgemeine Kirchen / die H.H. Vätter / die Seelen-Hirten / theils Lugen vnd Ignorantz straffen/theils spöttlich infamiren. Quid ergo docebunt populos ab ipsis institutos? An Patres lapsos esse? Quomodo verò ipsi apud discipulos suos veri habebuntur, quibus persuadent, præceptoribus credendum non esse? Athan. l. c. Was werden dann dise Leuth das Volck lehren? das jhre Vätter gefählt haben? Wie werden sie nun bey jhren Jüngern für warhaffte Leuth gehalten werden? die sie überreden wollen/ man solle den Lehrmeistern nit glauben?

13. Welche nit schamroth werden / einer gantzen Catholischen Gemeinde jhre von allem Recht ererbte Titul (Evangelisch vnnd Catholisch) abzurauben / vnd sich selbst wider Wissen vnd Gewissen darmit zu rühmen. Ungeacht quòd falsi nominis, vel cognominis asseveratio poenâ falsi coërcetur. L. falsi ff. ad L. Cornel. de falsis. Wie wenig Bedencken werden dise tragen: Privat-Personen jhrer Ehren-Zierde zu berauben?

Endlichen vnd zum 14. welche in flagranti vilfältig erdappet worden. Wie es dan namhafft in Hofmanno sich klar erzeigen wird. Wer will nun mit Luthero nit kecklich schliessen: All jhr Ehr vnnd Trew seyen billich gantz auß? Luth. tom. 1. Jch. f. m. 358. Es ist vid. pag. 2. col. 2.

Hofmännischer Läster-Charten/Titl.
Num. II.

Der ärgerliche Theologus,
der vnvernünfftige Logicus,
der illegitimirte Thumpfarr/
durch

jhre Widersächer / vnd Feinde beständiglich behaupten / vnd annoch führen.

So vil von disem. Welcher Parallel-Kenn-Zeichen dann/ gleichsamb als so viler Reglen/ der verständige Leser in fortsetzung auch diser gegenwärtigen Streit-Schrifft sich auch zu bedienen / vnd vor welche Parthey man das Vrtheil der Warhafftigkeit / vnd Bidermännischen Redlichkeit zu fällen habe/ hierauß verständig vnnd gewissenhafft aufzumessen hat.

Jetzt zur Sachen!

Castigatio.
Num. III.

Hos ego! sed præstat motos componere fluctus!

Von anfang Hofmannischer Blätter biß durchgehend zu Ende/ lasst es sich starck ansehen durch Georgium Haidlberger / der Soc. JEsu Priestern / vnd Thum-Predigern zu Augspurg in seiner auffrichtigen Erörterung aller Welt zu einem Spectacul selbst persönlich vnnd Exemplarisch præsentirt / vnd einem guten Freund zu gefallen / zum Truck befördert von Caspar Hofmann / Magdeburg. der Heiligen Schrifft Beflissenen. Helmstatt. Getruckt bey David Müllern. 1633.

hen wahr zu seyn / was ich durch jhne selbst / gezeichnet finde (p. 6. §. 3.) Er seye in seinem Entwurff eylfertig durchgangen. Sihet jhme wol gleich / er habe nit allein geeylet / sondern sich übereylet. Sonsten hätte er vil vnbeweißlich vnnd vngereimbt Ding in der Feder behalten / vnnd der sachen so wol die liebe Warheit als der Sitten Anständigkeit betreffend / besser nachgesinnet. Gewißlich ja Hofmanne præstat moros! Eylen thut kein gut!

Den Anfang der übereylung hat er gemacht in dem Titul. Dann wie will er eines theils ohne Unwarheit / andern theils ohne seiner Religion Beschimpffung beweisen / daß ich ein ärgerlicher Theologus seye? Warumb Herr Caspar / ein ärgerlicher Theologus? Hierauff befinde sich eine affectirte Antwort in seinem ersten §. Es hat / spricht er / verständigen frommen Christen an P. Haidlberger Anti-Lanio höchst mißfallen / vnd ärgerlich vorkommen / daß er / als ein Priester vnd Thum-Prediger zu Augspurg / der ander Leuth von rc. Vnfläterreyen abmahnen soll / an dergleichen selbst in seinem gantzen Tractat / durch vnd durch / sonderlich als einer / der das Gelübd der Keuschheit gethan / dannoch an den Welt-bekandten Venedischen Metzen sich erlustiret / vnd noch in seinem Angedencken führet. So weit Hofmanni Antwort.

Ist mir aber diß nit ein seltzamer Diogenes / der sein Faß selbsten (ohne daß jhn jemand anderer entgegen stunde) von der Sonnen abwendet vnd verfinstert? Ist einer (ohne ferners zuthun) ein ärgerlicher Theologus Hofmañ! welcher als ein Priester die Venedische Metzen noch in seinem Angedencken führet? Was werden die Lutheraner nach Luthero für Theologi seyn / welche die Babylonische Hur immer im Maul führen / vnd die Römische Kirch darmit belegen? 2. Wird hiemit der H. Evangelist Johannes / auch ein ärgerlicher Theologus seyn müssen; als welcher Apocal. 17. erwehnt Babylonische Metz wol in die Augen gefasset / vnd annoch nachgehends / laut eigner Schrifften in seinem Angedencken geführet? Nit sag mir / GOtt hab dises Johanni geboten. Diß ist wahr! Er hat es aber auch mir / vnd andern / zu gutem zihl vnnd ende nit verbotten. 3. War nit Lutherus der thewre Mann / vnd Lehrer über alle Lehrer / Tom. 5. Jeh. f. 141. b. mit Gelübd der Keuschheit verpflichtet? vnd er hat nit allein einer Metzen Meldung gethan / sondern eine gleichfals / GOtt mit Gelübden verbundene Metzen / mit männiglich / auch der Lutheraner Ergernuß /

nuß/zu vermeinter Ehe genommen? Die Welt-Weisen/ auch vnder den vnsern seyn häfftig darüber erzürnet. Item: Die Welt ärgert sich an mir (wegen der Hochzeit) erzürnet sich hefftig wider mich / vnd ist vngedultig: spricht der keusche Luther/tom. 3. Iehn. f. m. 140. 141. Gelt aber Hofmanne! Wir halten hie einen wol redlich aufferbäwlichen Theologum bey dem Ohr? 4. Fragt sich: Kan dann/Lutherischer Lehr nach/ Keuschheit gehalten werden/oder nicht? Kan sie gehalten werden/ warumb prahlen dann die Predicanten immer wider die Klösterliche Gelübd/vnd dero Vollziehung möglichkeit/ sonderlich nach deß Hertzens Begirlichkeit? Kan sie nit gehalten werden? Welch vorrupffen verdient dann in Lutheri principiis, so P. Haidlberger an ein Weib gedenckte? Ja so gar heyrathete? Sie wäre gleich eine Venedisch oder Babylonische Metz? Das müste ja von den Prædicanten / als ein aufferbäwliches Got: gefällig vnd gebottenes Stuck erst recht gebilligct / gar nit aber vor ärgerlich außgedeutet werden. Gestalten auch Luther eine Metz zur Ehe genommen; nit jetz darumben/ daß sie Kloster-Gelübd durch die Eydbrüchige Ehe geschändet/ sonder darumb/weil sie die Keuschheit auch im Kloster nit halten können; vnd folgends etliche Jahr eine Metz gewesen; wenigst im Hertzen vnd Willen. Deßgleichen hat auch Luther selbst in seinen eigenen principiis,über die 20. Jahr seine Täg / wenigst in innerlicher Hurerey zugebracht. Nachgehends aber/weil jhm auch das 9. Gebote zu halten vnmöglich/ ist er ex iisdem fundamentis wehrendem quasi Ehestand ein Ehebrecher gewesen. Die wollen die Lutherische Prædicanten auff die vnvermeydenliche Consequenz wider jhre eigene vnd jhrer Geistlichen Gemahlinen Person die Augen wol auffsperren! Weilen ja freylich kein fromb Kind kan/oder muß ein Eheweib werden/ sie seye dann zuvor ein Hur worden. Luth. Tom. 5. Altemb.pag. 386. So vil von dem Ehrenrührisch angeschmitzten Titul deß ärgerlichen Theologi. Was mehrers wird hierven gefunden infra n. 11.

Num. IV.

Nechst disem folgt der vnbeweißliche Titul deß vnvernünfftigen Logici. Der vnbeweißliche Titul/ sprich ich. Seytemalen alle von Hofmanno Patri Haidlberger vorgerupffte/vnvernünfftige inconsequentien, lauter fälschlich angedichtete Calumnien seyn/ wie in dem Context von Blatt zu Blatt wird offenbar werden. Entzwischen bemühet sich Hofmann in seinen vnbündigen Discursen abermal eyferig/eben disen Titul für eigen an sich zu bringen/ so jhme auch wol gelingen wird.

Num. V.

In dem dritten Titul deß Illegitimirten Thun-Pfar:/ stellt vns Hofmañ seine seines seyts schimpffliche Ignorantiam Elenchi vor. Er solte fein der Sachen müssig stehen/ so er der Catholischen Aembter/ vnd deren Vnderscheyd nit mir besser kundig ist. Theologische Unwissenheit ist es/wann er darfür halten: Pfarrherr vnd Prediger seyen bey vns Catholischen convertibilia. Zwar dise Benamsung betreffend / laß ich mir sagen: Der Author habe was gar Spitzbübisch darmit verstehen wollen; so ich aber mit stillschweigen vmbgehe/in Bedencken: es als gar zu vnverschämbt/mir nit glaubwurdig fallen kan. Wie deme! Warumb soll P. Haidlberger Illegitimirt heissen? Dieweil er/(spricht Hofmann §.15.) nit erweisen kan/daß er recht-getauffter / vnd ordinirter Pfarr seye. Diser Hofmännische Ungeschick wird sich in Beantwortung cit. §. 15. weisen. Entzwischen mag er sich/im Titel/ Einen Schrifft-geflissenen nennen: Vor beflissen laß ich jhne passiren; Gestudirt zeigt er sich noch wenig.

Seminiverbius.
Num. VI.

Sonders großgünstiger/ vnd vornehmer wehrter Freund! meinem theuren Versprechen nach/ kan ich nit vmbgehen/ denselbigen zu berichten/daß ich in dem Leipzigischen Buch-Laden diß in Warheit so befunden/was bey vns zu Hauß/ von einigen auff den Georgium Anti-Lani erfolgter Streite-Schrifften ist spargirt worden. In dem einer Sigismund Freymuht auß Meissen ein Scriptum wider P. Haidlbergers Anti Lanium herauß gegeben vnder dem Titel. Eines auffrichtigen Bedenckens über eine Lojolitische Läster-Schrifft. ꝛc. So bald ich disen Titul ersehen / fieng mir das Blatt an zu schiessen; weil ich darauß bald vernehmen kundte/es wurde darin P. Haidlbergern offentlich verwiesen wer-

Castigatio.
Num. VII.

Einem guten Freund zu gefallen/ sagt Hofmann in dem Titul / hab er seine Schrifft zu dem Truck befördert: vnd hie in dem 1. §. hat er auch ein thewr Verspreͤchen darüber gethan. Nemblich gar Theologisch verspriche er/was ihm nicht allein die Theologia/vnnd die Weltliche Recht zu versprechen verbieten/sonder auch zu nicht-prästirung ernstlich anhalten. L. Impossibilis ff. de V. O. Impossibilis conditio (etiam secundùm mores) cùm ad faciendum concipitur, obligationibus obstat. Et pacta quæ turpem causam continent, non sunt servanda. L. 27. ff. de pactis. §. Pacta. Nun mit wissentlichen Unwarheiten/vnd Betrug / mit vnbeweißlichen Lästerungen / mit falschen Argwohnen/ vnd vnbidermännischen Außlegungen/ ꝛc. jemand Bericht versprechen/ turpem causam continet. Das thut Hofmann Bericht/ wie sich zeigen wird. Ergo &c. Warmit ich wider Hofmannum einen starcken Vortheil schon diß Orths an mich gebracht hab.

Num. VIII.

IM übrigen gestehet Anti-Lanius, weder Sigismundo noch Hofmanno / Einig vn-

werden; wie auch geschehē/ was verständigen frommen Christen/an seinem Anti-Lani höchst mißfallen/vnd ärgerlich vorkommen; daß er/ als ein Priester/vnd Thumb Prediger zu Augspurg/ der ander Leuth von allen vnnutzen Worten / Narren theydungen/Onflätherreyen abmahnen soll / an dergleichen selbst/in seinem gantzen Tractat durch vnnd durch/ absonderlich als einer/ der das Gelübd der Keuschheit gethan / dannoch an den Welt-berühmten Venedischen Metzen / sich erlustiret/vnd noch in seinem Angedencken führet. vnnutzes Wort in seinem Tractat. Unnutze Wort seyn/ quæ aut ratione justæ necessitatis, aut Intentione piæ Utilitatis carent. Das ist: Welche weder billiche Noth / noch Frommen Nutzen haben. sagt Gregor. 3. p. past. Admon. 15. Deßgleichen Bernardus/ de Pass. c. 15. Andere Lehrer geschweige ich / sage aber: Daß die Wort/welche Hofmanum vnd seines gleichen kräncken / sich fast noth vnd nutzlich erzeigen. Fragst du/warzu? Antwort: Lutherum/vnd seine Mit-Lehrer/ sambt ihrer Lehr theils in genere, theils in particulari, im Contrafait vorzustellen/ vnd so wol das Lutherische Völcklein zuwarnen (welches von grosser Noth) als auch die Catholische/ (welches sehr nutzlich) zuvnderweisen. Daß nun Patris Haidlberger Anti Lanius grell/oder scharpff in die Augen fallet/ welcher was höhere Farben/als jedermann beliebte / darzu gebraucht hat; nimbt dem Werth/ vnnd Intention das wenigste: zeigt nur an den Vnderscheyd der Augen; deren sich etliche mehr der tunckten/ als der hellen Farben delectiren. Ego verò putabam Hæreticos, per patientiam & lenitatem animi mansuefieri, & sensim emolliri posse; quemadmodum, & spem istam aliquando prosecutus sum. Verùm per Ignorantiam illos hac lenitate pejores etiam, ut apparet, reddidi. Sagt Basilius Ep. 137. das ist: böse Köpff bedörffen rässe Laug!

Num. IX.

SO hat dann Anti-Lanius einen zwar lustigen / aber nit vnnutzen Vortrag in etlichen Stellen gethan: weilen er der Lutherischen Lehrer vnlaugbar böse Griff redlichen Gemütern zu eröffnen gesucht/vnd erhalten. Namhafft im Vergleich der Lutherischen Lehrer Disputir-Kunst/mit der Venedischen Puttanen Probir-Kunst. (Wie diß endlich die gute Prædicanten wol torquire.) Von welchen Anti-Lanischer 11. & 21. Num. vnvmbstößlich ist. Warumben sie dann gern die beschwärliche Auffbürdung von sich abschüttlen/ vnd Patri Haidlberger überbinden wolten. Aber der Poß gehet nit an: vnd solte sich Hofmannus noch einmahl so gleißnerisch mitleydig gegen jhme auffühhren: Welchem als einem Priester so übel anstehen solle / von dergleichen auch nur zu melden: So ja die Leuth wunder nimmer Dann weilen die Lutheraner der Papisten Priesterthumb/ so wol als jhre Gelübd verwerffen müssen / wie kombt

kombt es dann/daß sie diß Orths das Priester-Ambt so hoch achten/vnd ab dessen Entvnehrung sich so hoch ärgern sollen? Vnd diß vor eins.

Num. X.

VOrs andere/ kützlete newlich Sigsmundum Freymuht hefftig der 155. Numerus Anti-Lanii, vor dißmal aber Hofmannum der 140. Numerus. In jenem nahme Anti-Lanius eine Gleichnuß von dem Affen; In disem von einer Jagd/da Wölff mit Wölffen auffgesucht/das ist/ein Prædicant mit dem andern gehetzt wird. Beede Gleichnussen schmertzen sie; vnd zwar abermal vnder dem schein eines gegen Anti-Lanio tragendē Mitleydens/daß nit etwan sein erbarlich Priesterthumb einen Stoß leyde. Aber in Warhetts-Grund nur darumb/allweilen in der ersten Gleichnuß dem gemeinen Mann/ vnnd lieben Lutherischen Völcklein klar vnder Augen gelegt wird: Wie lächerlich die Lutherische Lehrer das meiste der Catholischen Kirchen / als lauter Affen nachthun wollen; so sie doch/weilen es auff keinen weeg gelingen will/ die Prob jhres Beruffs spöttlich verlassen; auch in einem so weit außsehenden Geschäfft;weniger als gar nichts zur sachen antworten können. Diß heißt dann Anti-Lanischer seyten nit vnnutze Wort/oder Narrentheidigung/ sonder lauter Ernst treiben/Hofmanne!

In der andern Gleichnuß wird hell gewisen: Wie ein Prædicant den andern/ absonderlich disen Haupt-Articul deß Beruffs anlangend/ auffresse/ als wie im grimmigsten Winter/ ein Wolff den andern beißt. Welche Wissenschafft dann dem gemeinen Mann vor dergleichen sich zu hüten vnderweiset. Die wird dann Hofmanno Mühe geben darzuthun/ daß dise Ding vnnütze Wort/Narrenthedigungen/vnd Lästerungen/ noch mehr aber / daß sie auch Ergernuß seyen. Dann Ergernuß est dictum, vel factum minùs rectum præbens alteri occasionem ruinæ spiritualis. Ist eine böse Red oder That/ zu frembdem geistlichen Fall. Communis ex S. Thom. 2. 2. q. 43. a. 1. Daß nun etwas solches im Anti-Lanio begriffen seye/ muß Hofmann abermal darthun. L. ei cit. ff. de probat. & præsumpt.

Vors dritte/ verschmacht meinen Antagonisten hefftig/daß Anti-Lanius an verschidenen Stellen die Schrifft/jhrem vorgeben nach/ vnnutz ʀc. anziehe. Wer aber Anti Lanium, sonderlich n. 188. 189 liset/der verspüret alsbald/daß es nur Lutheri selbst von Anti-Lanio lustig hinauß gelieferte Schrifft Einführung seyen; In Erwegung deren den Lutherischen/ so wol als Catholischen bekandt werde/ wie falsch es ja seye / daß jeder die Schrifft seinem Duncks/ Lutherischem Brauch/ vnd dem Privat-Geist nach/ verstehen vnnd außlegen könde. Widrigen fahls werden alle Prædicanten adjurirt/ Anti-Lanio zu zeigen: welche Schrifft auß allen angezogenen nit recht außgelegt worden seye? Er

wird

wird euch auß seinem Privat-Geist vorschützen/Liebe Herren! vnd auß was di-
stinctiv-Schrifft soll hernach der seinige nit so gut seyn/ als der ewrige?

Num. XI.

VOr das vierdte/ist ihnen sehr zu wider der 199. Item der 200. vnnd 201.
Num. deß Anti Lanii: von den lächerlichen Hosen-Miracklen Lutheri/vnd
der übrigen Lutheraner. So ich dann disen Leuthen nit so sehr vor vngut halten kan; gestalten sie ja hiemit der Welt übermässig zu spott werden: als welche
mit keinem andern/ dann so schimpfflichen Wunderwercken prangen mögen.
Nur zwey Ding ersuche ich sie: Erstlich/ sie sollen andere Miracul beybringen/
fahls sie andere haben. 2. Sie sollen Narrenthädigung/Vnflätherey en/
nit zumessen dem/der sie von Luthero warhafftig erzehlet; sondern Luthero/der
sie warhafftig gestifftet. Dann/was können wir Catholische darfür/wann man
von dem Lutherthumb keine andere/ als garstige Miracul erzehlen kan? Vnd ist
es in disem Verstand auch wahr / Anti Lanii Vortrag seye voller Vnflåthe-
reyen/Narrenthådigung/Gottslåsterung/Rebellion/Vntrew / Calumnien/rc.
nemblich so weit sie theils Lutherus/theils Lutherische Prædicanten begangen.
Ich will hiervon Hofmanno zu lieb/ logicè reden: Objectivè ist Anti Lanius
deren Dingen voll/ nit aber formaliter. Soll difes Anti-Lanii Vorhaben Etwelchen ärgerlich vorkommen/ wie Hofmann klagt / so nenne ich es scanda-
dalum acceptum, non datum; vnd zwar Pharisaicum,(Hæreticorum,die Hofmanno hie/fromme Christen zu nennen beliebet) biß das mir dargethan wird/
es seye scandalum pusillorum.

Num. XII.

GEnug von disen lauter nutzlichen Stucken. Nur halte ich hie noch Hofmannum zum Beschluß/ nach allen Rechten/ vor einen bösen Calumnian-
ten actione Injuriarum ernstlich an. Ex L. Lex Cornelia 56. Si quis ff. de in-
juriis & famosis libellis. biß er beweiset/daß sich P. Haidlberger an den Venedischen Metzen dem Gelübd der Keuschheit entgegen/ erlustiret. Oben n.3. hab
ich dargethan/ wie weit dise Hofmännische freche Rede wider seine eignen Lutheraner, ja wider die HH. Gottes außlange; Die behaupte ich eigner Person
zu schutz/daß einer seye auß der Gleichnuß vnd Worten Anti-Lanii das zuge-
muhtete Laster nit zu erzwingen; anders seye/ daß Hofmann kein Cardiogno-
stes, oder Hertzen-Prüfer; folgendlich dann ein vngezweiselter Ehren-
Schånder seye. Jetzt weiter im Hofman-
nischen Text!

Sc-

Seminiverbius.
Num. XIII.

Darumb sein Anti-Lani mehr seinem kurtzweiligen Zeit-vertreiber/ vnd Possenreisser/ als einer gelehrten Theologischen Schrifft ähnlich sihet. Weil jhm nun solches zu gebühr vorgeworffen/ war ich begirig/ die Verantwortung P. Haidlbergers darüber zu vernemmen: Welche er vnder dem Titul/ einer auffrichtigen Erörterung wider Sigismundum Freymuht herauß gegeben. Befunde hierauff bald zu Anfang p. 4. daß P. Haidlberger an den Freymuht /; daß übermässige/ vngewohnliche schänden/ lästern/ verachten/ ꝛc. vor ein gewisses Zeichen außgibet; daran man erkennen könde/ daß man sich nit getrawe/ die Sach selbsten anzugreiffen/ vnd seinen Gegentheil zu bemeistern. Aber vnparteyisch hiervon zu reden/ so gedunckt mich solches Kennzeichen gereiche P. H. mehr zu Schimpff/ vnnd eigener Verdammung/ als zu seiner Verantwortung. Schand ist es/ wann sein lehren selbst vnrecht spricht: dann ja fast nicht ein Seiten ist in dem Anti-Lani, die nit mit phantastischen Narrenthädigungen / vnd alberen Possen besudlet! Wie nun P. H. gegrüßt/ also hat jhme Sigm. Freym. gedancket.

Castigatio.
Num. XIV.

Läßt mich hie von dem letzten den Anfang machen! Wie P. Haidlberger gegrüßt/ also soll jhme Freymuht gedanckt haben! Wolte GOtt Hofm–ñe! aber daß diß nit wahr seye/ ist Landkündig. P. Haidlberger hat euch theils im Anti Lanio, theils wider Sigismundum mit sehr vil ernsthafften / vnnd wichtigen Stucken begrüßt / vnd keiner auß euch hat jhme auff einiges geantwortet. Es ligt Anti-Lanius den Leuthen vnder Augen/ dessen Haupt-Zweck in genere ware: Dem Röm. Kayser wider Mayestät-Lästerungen zu defendiren; der Welt zu zeigen/ daß die Prædicanten nicht wegen Religion/ sondern Rebellion gestrafft worden; daß die Papistische Religion nit tyrannisch seye; daß die Jesuiten bey dem üblen Tractament der Prædicanten nit interessirt. In particulari: daß die Un-Catholische Lehrer/ wann sie wider vns argumentiren / gewohnlich probanda supponirē/ vnd Minorē auff ein seyten schutzen. (n. 24. & 25.) daß der Pabst nit der Antichrist seye (n. 26. & 27.) daß Lanisches protestiren vnnutz (n. 15. & 44.) daß sein Schrifft kein Extract. (n. 30. & seqq.) daß der Proceß wider die Ungarische Prædicanten nit vnerhört grawsamb. (n. 35. & seqq. & n. 94.) daß so fern der Pabst Antichrist were/ müste nothwendig der Kayser Antichristisch senn. (n. 43.) daß die Herren Lutheraner nit Evangelisch seyn. (n. 99.) Daß sie auch nit Vnveränderter Augspurgischen Confession seyen. (n. 55.) daß sie selbst nit sagen können/ was sie seyn. (n. 62. daß

Num. XVI.

WEnigst werdet ihr mir nit wöhren mögen/ewers Gesangs einen Echo oder Nachhall zu machen. Hofmann singt: Das Buch Anti-Lani sehe einem Zeit-Vertreiber vnd Possenreisser ähnlich. Ich widerhole eben dises/durch einen Widerhall/vnd bejahe: In allweg/der Anti-Lani sihet einem Zeit-Vertreiber vnd Possenreisser ähnlich. Einem Possenreisser zwar/als in welchem P. Haidlberger den Lutherischen Pastoren disen allergröſten Possen gerissen/daß er der Nach-Welt ihre arge Possen redlich darinnen entdeckt/ vnd gründlich bewisen; Welches dann in allweg eben darumb wenigst denen Catholischen auch einen Zeit-Vertreiber abgibt; als welchen kurtzweilig fallet / dergleichen Tuck so klar sehen am Tag ligen; GOTT gebe / wie diß den Prædicanten Zeit: vnd Weil lang mache. Daß aber Hofmannus comparativè sagt: Anti-Lani sehe mehr einem Possenreisser/ als einer gelehrten Theologischen Schrifft ähnlich; kommet daher / weil er auff die Theologia sich nicht verſtehet; nur auff die Lutheraner Possen/ deren der Anti Lani voll auff vorweiset/so von P. Haidlberger ihnen zur gebühr hat vorgeworffen werden müssen. Freylich dann ist fast nit eine seyten (Historicè) in dem Anti Lani, vnd also objectivè begriffen/die nicht mit phantaſtiſchen Narrenbekleidungen/vnd albernen Possen deß Lani, Lutheri/ vnd anderer Lutherischer Prædicanten besudlet seye!

Num. XVII.

ABer jetzt fahrt Hofmanni Disputir-Kunst wider die vnvernünfftige Logic Patris Haidlberger daher! Diser soll übermäſſig / vngewohnlich schänden/lästern/verachten/ vor ein gewiſſes Kenn-Zeichen auſgegeben haben/daran man erkennen möge/daß man sich nit getrawe/die Sach selbſt anzugreiffen/ vnd seinen Gegentheil zu bemeiſtern. Das geraicht P. Haidlberger mehr zu Schimpff / vnd eigener Verdammung/ als Beantwortung/spricht Hofmann. Wie so! Will Hofmann formlich procediren/so muß er antworten: Weil P. Haidlberger selbſten übermäſſig/ vngewohnlich schändet/lästert/schmähet/ verachtet; Ergo getrawet er sich nicht/die Sach selbſten anzugreiffen; Ergo geraicht es ihme mehr zu Schimpff vnd eigener Verdammung ꝛc. als Beantwortung. Welchen Diſcurs sein kurtz abzuschneiden Nego Majorem, Minorem, & Consequentiam. Majorem zwar: weil sie P. Haidlberger fälschlich zugemessen wird / als dem seine Wort verdrexelt worden. Man lese die Erörterung wider Freymuht p. 1. da supponirt er vorgehends auſtrucklich/ wie folgt: Wo der gantze(NB. der gantze) modus procedendi in nit belobten Extremitäten ſtehe; Wo es nur (NB. nur)extremè ohne Grund (NB. ohne Grund) vnd Gebühr (NB. Gebühr)daher gehe. Wo die Refutation (selbſt) mit vngewohnlichem / übermässigen schänden/lästern/ꝛc. auffgesetzt wird; Das ist/wo/mit Außschliessung der Substantz/nur vngegründete/übermässige Lästerungen gefunden werden/vnd die Refutation einig in dergleichen bestehet. Dergleichen (NB. dergleichen/ nit wie Hofmañ obenhin falsiret) seye ein Zeichen/daß man sich nit getrawe die Sachen selbsten anzugreiffen. Nun dergleichen seyn die Freymuthel=fche/vnd Hofmannische Refutationes, deren keine die Substantz angegriffen; sonder nur mit übermässigem Schmähen/vnd Calumniren / der Gemeinde das Maul auffgespritzen: Calumniari n. in Civilibus est per menda=cium agere, vel excipere, ad negotium alicui malitiosè faciendum. Harpr. §. in summa sciendum 10. de iniur. n. 88. T. Tit. C. de jurejur. propter cal. dand. Hingegen stewret P. Haiblberger all sein Schärpffe auff die lautere Warheit/vnd beygefügtem hellen Beweiß/ nit ad negotium malitiosè faciendum sonder ad defensionem, urgente Causâ, necessariam, vnd also nit übermässig ꝛc. Ergo ist sein gesetztes Kennzeichen gar nit sein eigen Verdamnung/ wie Hofmannus sehr kindisch daher statzget / vnd also nego minorem & consl.

Sonst blicket noch ein anderer bindender Virtualis syllogismus in meines Gegners Discurs hervor / welcher in eine Ordnung gebracht/ auff Hofmannisch also heißt: Schand ist es/ wer sein Lehr selbst vnrecht spricht: Nun aber P. Haiblberger besudelt sein Lehr mit schändlichen Possen. Ergo ist es jhme eine Schand ꝛc. Wie minor propositio in Hofmannischem Verstand falsch/mag hieoben auß n. 10. 11. ꝛc. sonderlich aber 16. ersehen werden. Im übrigen/gleich wie Hofmañ durchgehend/zu vil Wort hat sine Re, also hat er hie zu vil terminos sine Conclusione. Lerne er sein von einem jungangehenden Summulisten/ daß sein syllogismus vier terminos habe/vnd also nit tauge. Setze er den syllogismum also: Schand ist es/ wer sein Lehr selbst vnrecht spriche: Aber P. Haiblberger hat sie selbst vnrecht gesprochen/ ergo. Alsdann ist der syllogismus zwar formlich/aber minor ist falsch/vnd vnerwisen. Vnd fallt also das gantze abgezihlte Illatum. Und hat Hofmannus keine Vrsach/ jemand die Logic vorzurupffen/ in deren er selbst übel zu erbarmen ist.

Seminiverbius.	Castigatio.
Num. XVIII. §. II.	Num. XIX.

Noch mehr bin ich erschrocken/ als ich P. H. Erörterung p. 10. gelsen / wie er solche narrenhaffte Spotts Rede auß H. Schrifft mit dem Exempel / vnnd gleicher Reden Arth deß H. Geists zu bescheinigen sichet: Nun weist man

Noch mehr erfrewet mich/ daß die Herren Lutheraner Hofmanni / vnd seines gleichen falsche Griff/ sambt ihrer Unbesonnenheit/ je länger je klärer zu jhrer Seelen nutz (so fie nur wöllen) verstehen können. Dann erstlich: Im Anti-Lanio seyn keine

wol/daß der H. Geist zu verständ-
licher Offenbarung vnd Beschreibung (nicht zu spöttischer Auß-
hönung/vnd kurtzweiligem Spaß-
se)so wol seiner Gnaden-Wolthä-
ten/ als seines Zorns/wie auch deß
Christlichen Glaubens / vnd Lebens / öffters durch Gleichnussen
(so von erbaren irrdischen sachen/
nicht von Venedischen Metzen)
entlehnet/ redet. Also zum Ephes.
4. 13. bildet er einen vom Teuffel
angefochtenen/vnnd im Glauben
fest beharrenden Christen vor/ in
dem Gleichnusse/eines dapffern
wohl außgerüsteten / vnd wider
den Teuffel streittenden Kriegs-
mannes; Anderwerts Levit. 26.
7. 8. Jos. 23. 10. Hiob 10. 16. ꝛc.
seinem außgelaßnen Zorn über der
Menschen Boßheit / vnd allerhand Vnglück/oder die bekehrung
zur wahren Kirchen durch das
Gleichnuß einer ernst-hafften
Jagd/ꝛc.

narrenhaffte Spott-Reden; Als
deß Lani/ Lutheri/ vnd der Prædicant-
ten/welche Anti-Ladius zum Spectacul von einem newen Evangelisten/
vnd Kirchen-Reformirer / vnd also zu
getrewer Warnung der lieben Lutheraner einführet; wie oben n. 8. & seqq.
dargethan. Dise aber sucht P. Haidlberger nit mit der Schrifft zubeschei-
nen; sondern verflucht sie : Ergo ca-
lumnire ihne Hofmannus abermahl.

2. Ist es nit weniger vngeschickt/
als vnwahr: daß Gott in der Schrifft
keine andere Gleichnussen entlehnet/
als von erbaren Sachen : Er hats gn
nommen namhafft von Metzen/Apoc.
17. vnd Jerem. 2. vnd Ezech. 16. Æ-
dificasti tibi Lupanar, & fecisti tibi
prostibulum in cunctis plateis &c. &
divisisti pedes suos omni transeunti,
Du hast ein Huren-Hauß gebawet/ꝛc.
vnd auff allen Gassen Huren-Häuser
gesetzt/ꝛc.

3. Aber nit von Venedischen Me-
tzen/sagt Hofmann; aber von Judi-
schen vnd Babylonischen / sagt P. Haidlberger. Villeicht Gegner nit weiß/
daß damal Venedig noch nit gebawet wart.

4. Aber nit zu spöttischer Außhöhnung/ vnd kurtzweiligem Spaß.
Auch disem ist nicht also / wann de inadæquata, vnnd immediata Intentione die Red ist. Ezechiel. 22. v. 4. verhöhnet Gott eine Geistliche Metz/ mit
disen Worten: Propterea dedi te opprobrium gentibus &c. irrisionem uni-
versis terris. Das ist: Darumb will ich dich den Heyden zur Schmach/
vnd allen Ländern zum Gelächter machen. Ist aber de adæquata, vnd
ultimata Intentione die Rede/ so thut es weder der H. Geist / noch P. Haidlberger : allermassen diser von jenem demütigst lehrnet ; daß das endliche Zihl
vnd Ende/ allein in Gottes Ehre/vnd deß Neben-Menschen Heyl zu setzen. Jedoch mag das vbrige (auch wol zu zeiten höhnische Wesen)ein bequem Mit-
tel abgeben zu jenem ende. Wie dann mit denen Prædicanten/ von P. Haidl-
berger/durch seine Gleichnussen gar bequem geschehen ist. Besihe n. 8. & 9.

E   Ehe

Ehe daß ich von hinnen lasse / muß noch erinnert werden; daß Hofmann seinen Text auß den Epheſiern am 4. Capitel citirt; ſo doch nit alldorten / ſonder befindet ſich am 6. Capitel. Warüber gewöhnlich keine reflexion zu machen wäre: aber diſe Annotation iſt mir/wegen meiner Gegner Ungeſtümme / hoch vonnöthen/ ſo einem Truck-Fähler/ als eine Haupt-ſubſtantial-Exorbitanz hefftig anzihen; Wie dann bald erhellen wird.

Seminiverbius.
Num. XX.

Wie reimt ſich aber das/ zu entſchuldigung / vnd Vergleichung der P. Haidlbergiſchen Spott- Spaß- Luſt/ vnd Prædicanten-Jagd / welche er mehr in ſeinem Gehirne / als einem verwirrten Walde / den vnder den Prædicanten angeblaſen (wofern ich diſe Haidlbergiſche Redens-Arth ohne Forcht der Pritſche gebrauchen mag.) Dann über diß/daß in dem von P. H. angezognen Orth Ezechiel. 16. ſein pag. 10. der Erörterung angezogner Spruch nicht zufinden; ſo braucht er auch diß von der Jagd genommenes Gleichnuß in einem/ dem heiligen Geiſt nicht zukommenden / ſondern fälſchlich beygemeßnen ſpöttiſchem Verſtande. Dann P. H. Jagd iſt eine Prædicanten-Jagd / darbey es einen luſtigen Spaß gibt/ gleich wie man Wölff mit Wölffen jagt. Wie er n. 140. deß Anti-Lani ſie beſchreibt. Soll nun diſes Gleichnuß auß der Heiligen Schrifft entlehnet ſeyn/ ſo muß Gott bey ſeiner Zorn- vnnd Straff-Jagd/ auch einen luſtigen Spaß haben/wie P. Haidlberger an der Prædicanten hetze. Das iſt Gottsläſterlich/ daß Gott an dem / daran er ſeinen Zorn außübet/ einen luſtigen Spaß ſoll haben/

Caſtigatio.
Num. XXI.

Ich willfahre vor allem Hofmanno (einen Unwiſſenden zu vnderweiſen) vnd zeige ihm/ wie es ſich reime / daß P. Haidlberger eines theils Wölff mit Wölffen/ das iſt / Prædicanten mit Prædicanten jagt; anders theils diſe Redens-Art mit der Schrifft beſchönet?

Betreffend das erſte: So heißt ſie lauter Wölff der H. Paulus/ Actor. 20. v. 29. Hieronymus in Matth. 7. Theophil. expoſit. Evangel. Vincentius/ Lyrin. de Hæreſibus cap. 36. Chryſoſt. ex var. in Matth. ll. hom. 11. Bernardus Ser. 66. in Cant. &c. Author Imperfecti homil. 19. in Matth. Andere mehr geſchweige ich.

Wer dann Prædicanten an Prædicanten hetzet / der jagt ja Wölff mit Wölffen. Reimet ſich alſo gar wol; iſt dignum patellā operculum. Fahls ſich hie Hofmann weigerte ein Ketzer genennt zu werden (wie er dann in ſeinem 10. §. n. 3. ſich vnderfanget) ſo begegnen wir hie mit vnſerm n. 41. 43. 60. die beſehe der Leſer.

Welben/vnd vilmehr eine Eigenschafft deß höllischen Jägers/welcher als ein Schadenfroh gefallen hat an dem Vnglück der Menschen. Hiob 1. v. 8. Weil nun P. Haidlberger auff einer solcher Menschen- vnd Spaß-Jagd/ als Jäger sich befindet/ vnnd zwar in einem verwirrten Walde (wie sein Anti-Lani mit fug mag genennt werden) so ist das keine in der H. Schrifft Gott zugeeignete Jagd/ sondern eine Teufels-Jagd; da der Teufel als Obrister Jägermeister/ vnd P. H. als sein Lauff- oder Jagd-Knecht sich erlustiret; so kan man den Vogel an seinem Gesang/ den Jäger an seiner Jagd/ vnd P. H. an seinen Schrifften erkennen. Wofern es zu Augspurg mehr solche lustige Spaß-Jäger auff dem Thumb gibt/ so werden sie dem Teuffel seine Küchen wol spicken. Ob dise auß der Heiligen Schrifft bescheinigte Spott-Reden einem einfältigen frommen Christen sein Gewissen nit ärgern vnd verunruhigen sollen / lasse ich jederman vrtheilen.

Welchem wann also / welcher Catholischer wolte hie vor einem Spaß halten/ wann er die Lutherische Lehrer in Haubtstucken ärger siehet einander zubeissen / als wie die Wölff im höchsten Winter? Ex. gr. Einen Hopferum wider die andere Augspurger Prædicanten / betreffend ihren Beruff/ wie im Anti-Lanio gezeigt; Concordisten / wider die Antitconcordisten; die Calixtiner (zu Helmstätt) wider die Hülsemannische/ (zu Leipsig) Ubiquentiser wider die Mit-Ubiquentiser; welche einander so waidlich verdammen / verlästern / verketzern / veratheilsiren/ daß es einer desperation, als disputation vil ähnlicher sihet; besonders weilen dise Haderer einigen Richter nicht haben können/ noch leyden wollen. Und gewißlich neben andern/ warumben daß 14. Lutherischen Prædicanten in Augspurg / dem Anti-Lanio n. 144. auff seine 16. Fragen / mit

höchst ihrer Beschimpffung/ gar keiner vnder seinem gezeichneten Namen antworten darff; ist bey mir vngezweifelt auch dise Vrsach: Weil die gute Herren sich nit getrawen/ solches mit einhelligen jhrer aller doctrinal-Consens zuthun/ sonder nothwendig den Catholischen einen lustigen Spaß verursacheten/ in dem sie flux eine Prædicanten-Jagd wider sich selbst anstelleten. Aber wie deme.

Ist es einem Catholischen nit ein Spaß/ wann er die Lutherische Lehrer selbst höret mordio klagen / wie sie einander hetzen vnnd würgen? Conrad Schlüßlburger libr. de Theol. Calvinistarum in proœm. Ann. 1592. schreibt also: Jam annos sexaginta & plures tanta animorū contentione se invicem oppugnant Evangelici (NB. Evangelici) ut nisi magnus Domini dies intervenerit, litémque, hanc dirremerit, mutuis vulneribus potius, quàm Papistarum oppressione succubituri videantur. Das ist: Schon 60. Jahr vnd darüber bestreitten die Evangelische einander mit so hitzigem Eyfer/ daß/ so nit

C 2   der

der Jüngste Tag entzwischen kombt/vnd dem Zanck ein end machet/ sie mehr von eignen Wunden/als von der Papisten Vbertrang werden zu grund gehen. Ferner Georg Major in orat. de Confess. dogmat. Die Papisten werffen vns für das Ergernuß der Zertrennung: da bekenne ich/daß selbig so groß seyn/daß es nit genugsam zu beweinen. Jch bekenne auch/daß die einfältige Hertzen vnd Gemühter/dardurch dermassen angefochten vnd betrübt werden/daß sie zweiflen/wo doch die Warheit zu finden. Uber das Selnecer über den 12. Psalmen: Von offentlicher Vneinigkeit in der Kirchen/darffs keines fragens. Jch rede aber nit von dem Zwytracht/den wir der Lehr halben mit den Papisten vnd andern Ketzern haben müssen/sonder von dem Zwytracht/ die vnder vns selbst ist/die wir die reine Lehr haben wollen. Nicolaus Gallus/ein vornehmer Prædicant von Regenspurg/ will hie auch nicht schweigen/In thes. & hypoth. fol. ult. So seynd je/sagt er/nicht geringe Streitt vnder vns vmb geringe sachen; sonder vmb die hohen Articul vnser Christlichen Lehr ic. mögen auch keines weegs verglichen/oder vnderschlagen werden/ dann es seyn je fast eytel contradictiones, so nit zu vergleichen stehen. Sihe hie/wie ein Prædicant den andern hetzet! Wolt jhr Herren mit disen nit vergnügt seyn/so höret Johannem Petræum/auch einen seiner Zeit nit schlechten Prædicanten/in der Vermahnung/daß man die Flaccianer fliehen soll. Es ist/spricht er/also ein grosse Trennung/Spaltung vnd Ergernuß in der lieben Kirchen worden/daß endlich die löbliche Chur-vnd Fürsten zu Sachsen ic. darzu gethan/vnd ein Colloquium zu Altenburg halten lassen/auff daß durch solche Mittel/diß verdrießliche/ärgerliche/vnnd hoch-schädliche Streitten vnnd Zancken möchte auffgehoben werden; aber es hat solches auch nicht geholffen/ dann solches Colloquium nicht allein ohne Frucht abgangen/sonder ist die Sach dardurch noch ärger worden.

Will mein Gegner was mehr particular, von vnsern Augspurgischen Prædicanten zu Zeiten der noch in der Wiegen heinenden/jüngst gebohrnen Lutherischen quasi-Religion hören? Engelbert Werlich/ein from Evangelischer Mann/ in seiner verdolmetschten Augspurgischen Chronica Anno 1535. part. 3. fol. 92. schreibt: Daß Magister Georg Melchior auß dem Land zu Sachsen bürtig/Helffer der Evangelischen Kirchen allhie zu Barfüssern sich lang vnd vil mit seinem Pfarrherrn daselbst Leonhard Bächlin ic. wegen der Leiblichen Gegenwart deß Herrn Christi im Nachtmahl hefftig gezanckt hatte / vnd neben jhme dasselbige nit raichen wolt; auch gar mit allen andern Dienern Göttliches Worts stättigs zu Feld lage ꝛc. Idem ib. f. 30. Vnd als nun die Reformirte Theologi in Ober-Teutſchland deß langwirigen vnd gefährlichen Gezänckes wegen der Tauff/ vnd deß Herrn Abendmahl übertrüſſig vnnd müd waren ꝛc. Idem ib. f. 31. M. Michaël Keller, vnd M. Bonifacius Wolfahrt/ lagen (zu Augſpurg) der Lehre halben/ ſtätigs im Streit. Beſihe hierüber Cleopham Düſtlmayr in der Stäuberung Barthol. Rülich/in der 4. Ration der bethörten Steivrer.

Num. XXII.

Spectatum ſatis eſt! Gelt aber: Es mag nit gelaugnet werden/ daß die Lutheriſche Paſtoren mit der Catholiſchen groſſen Spaß vnnd Vergnügen/ einander gar häßlich ſelbſt hetzen? Es betriegt aber Hofmann das gute Lutheriſche Völcklein/ wann er auß Patris Haidlbergers Gleichnuß eine Teuſliſche gleichſam Mord-Jagd machen will; allermaſſen weder Antecedentia deß 140 Numeri im Anti-Lanio, noch conſequentia, noch ſchetwas anders/ den geringſten Anzeig einiger andern Spaß-Jagd mitbringt/ auſſer der Diſputir-Jagd alleinig. Das übrig/iſt auß Hofmanni gehäſſigem Hirn böſlich erdichtet; als welcher ſich fertiger erzeigt/ Lärmen/ dann eine Jagd anzublaſen.

Wir Papiſten erlauben euch Lutheriſchen Lehrern gar willig/ ſo es euch nur möglich iſt/ dergleichen Spaß-Jagde/ an vns Catholiſchen auch reciprocè zu üben. Bietet all eweren Krafften auff/ vnd zeiget vns/ daß jemahlen ein Catholiſcher Lehrer in einem definito & cognito fidei articulo, ſich dem andern Catholiſchen ernſtlich widerſetzt habe? geſtalten dann wir alle bekennen: auff ſolchen fahl der Diſputant eben darumb nit mehr Catholiſch were.

Dergleichen Spaß-Jagde/ſprich ich/ wird euch von denen Catholiſchen/ ſo vil euch möglich/ gar willig vergönnet. Hütet euch aber/liebe Herren Paſtores! von der vnmenſchlichen Blut-vnd Mord-Jagd/welche ewer Ertz-bärmen-Blaſer anzuſtifften trachtet. Tom. 1. Jen. f. m. 60. wider Silveſtrum Prieratem: So wir Dieb mit Strang/Mörder ꝛc. mit Schwerd/ Ketzer mit Fewer ſtraffen; warumb greiffen wir nicht vil mehr an diſe ſchädliche Lehrer deß Verderbens/als Päbſte/Cardinäl/Biſchöfe/ vnd das gantze Geſchwürm der Römiſchen Sodoma (die Gottes Kirche ohn vnderlaß vergifften/ vnnd zu grund verderben) mit allerley Waffen/ vnd waſchen vnſere Händ in ihrem Blut? Noch einmahl ibid. Wann ihr raſend wüten ſo ein Foregang ſolt haben; duncke mich/. es wäre ſchier kein beſſer Rath vnd Artzney ihnen zu ſtewren/ dann das Kayſer/König vnd Fürſten mit Gewalt darzu thäten/ ſich rüſteten/ vnd griffen diſe ſchädliche Leuth an/ꝛc. vnnd machten einmahl deß

Spils ein ende. Dise zwey anmuhtige Sententzlen wünsche ich/ daß sie Hofmanno nit in Vergeß gerathen: als welche jhme infrà §. 11. n. 73. zu Antwort dienen mögen/ wann er trotzlich auffbochet: man soll auß den Lutherischen Theologis einige Lehr wider die König ꝛc. auffweisen; Gleich wie Er (si Djs placet) von den Jesuiten auffgewisen habe. Entzwischen mercke er/ wie sein Herꝛ Vatter auch in deß Kaysers/ vnnd der Catholischen König ꝛc. Blut seine Hände zu waschen verlanget/ laut folgender Worten: Das gantze Geschwärm der Römischen Sodomia; dann: verflucht seyn alle / die mit jhr Gemeinschafft haben. l. c. f. 59. Excipit autem nihil, qui omnes dicit. Bartol. in L. 68. l. 3. ff. de legat. & fidei comm. Hie glaube ich / laßt es sich den Vogel an seinem Gesang/ den Jäger an seiner Jagd/ vnnd Lutherum an seinen Schrifften erkennen! Ob dises mörderische Beginnen von einem Evangelisten/ vnd Kirchen-Reformator nit ärgern vnd verunruhigen solle/ laß ich jeden Frommen vrtheilen.

Num. XXIII.

Itzto muß auch der andern/ oben n. 21. veranlaßten Frag genug geschehen; in deren Hofmann wissen will: wie es sich reime/ daß P. Haidlberger seine Spaß-Jagde mit deß H. Geists/ etwann in der Schrifft designirten Jagd vergleiche? Antwort: Es reimet sich trefflich. Anti-Lanius setzte n. 140. eine Gleichnuß von der Jagde; das rupffte jhme Freymuht/ als eine vngebühr vor. Anti-Lanius in der Erörterung bringt in Gegenantwort ein: der H. Geist selber setze Gleichnuß vom Jagen. Hierüber schilcet Hofmannus die verglichene Jagd teuflisch; die Vergleichung aber Gottslästerlich. Jenes darumb/ dieweil der Teufel ein Schadenfroh seye über dem Menschlichen Unglück: dises darumb/ weil Gott/ an welchem er seinen Zorn außübet/ keinen lustigen Spaß habe. So weit Hofmann im Begriff.

Welcher mich dann hertzlich erbarmet / als der sich selbst so forchtsamb zeiget/ als warm er sich selbst hetzet/ so selten ist er bey sich selbst: Erstlich ist es nit also/ daß Gott bey Außübung seines Zorns über die Menschen/ keinen lustigen Spaß habe: Despexistis omne consilium meum, & increpationes meas neglexistis; ego quoque in interitu vestro Ridebo, & Subsannabo, cùm vobis id quod timebatis advenerit. Prov. 1. Das ist: Jhr habe verachtet all meinen Rath/ vnd meine Straff nit leyden wollen/ so will ich auch lachen in ewerem Sterben/ vnd ewer spotten/ wann über euch kombt/ was jhr förchtet. Wo bleibt dann zum 2. die Gottslästerlichkeit? Zum 3. ist es gar vn-Logicalisch argumentirt: Der höllische Jäger hat einen Spaß über der Menschen Verderben; ergo hat Gott keinen Spaß über eben daßelbige Unglück. Sie habens beede; aber mit grossem Underscheid: der Sathan hat pro fine, Gottes Reich, zerstören; Gott hat sich selbsten zum Zweck vnd seine Ehr:
Uni-

Universa propter semetipsum operatus est Dominus. Prov. 16. Der Sathan sucht positivè mit Spaß das Menschliche Verderben / das thut GOTT nit. Dann in disem Verstand ist es wahr: Neque enim delectaris in perditionibus nostris. Tob. 3. Der Sathan hat hierinnfals voluntatem Antecedentem, Gott aber nur consequentem; das ist: Demnach Gott nothwendige Mitl aber vergebens angewendet/ alsdann verdambt er erst. Dergleichen Hofmannus sein theils auß dem H. Damas. lib. 2. fid. c. 29. theils auß dem Englischen Thoma erkundigen hette sollen; alsdann er so vn-Theologisch vnnd vn-Logicalischer/ auch so vnaufferbäwlicher vnd calumnioser sequelæ sich nit gerühmet hette. Er hette alsbald der Sathanischen / vnnd Haidlbergischen Spaß-Jagde Ungleichheit auß deme geschlossen : daß jener die Zerstörung deß Reichs Gottes abzihlet; diser hingegen (so weit in allweeg ein Schadenfroh) in deß Sathanischen Reichs (so guttentheils in Ketzereyen bestehet) Zerrüttung sich erfrewet: Dergleichen Zerrüttung nie geschwinder/ vnd nachtrucklicher entstehet/ als wann die Vn-Catholische Lehrer sich selbsten vnder einander in Glaubens-Articklen meisterlich zerbeissen.

Im übrigen muß sich ja die Welt entsetzen / mit was Stirn die Lutherische Prediganten vnsere wahre Catholische Lehr ein Gottsläfterung schelten dörffen. Es ist nemblich ein vnfehlbar Zeichen / daß dise Leuth das hunderte Stuck von ihrem Luthero entwederst nit wissen/oder boßhafftig verquanten! Der Leser nemme doch wahr! Luther de servo arbit. tom. 2. Lat. f. m. 468. sagt rund: Hominem creatum ad vitam, vel mortem æternam. Der Mensch sey erschaffen zum Leben/ oder zu dem ewigen Todt. Item ib. f. 495. Der Mensch habe keinen freyen Willen (in Geistlichen Dingen) sed quando Deus movet omnia in omnibus, necessariò movet, & agit, etiam in Sathana, & impio. Sonder wann Gott alles in allem bewegt/ thut ers nothwendig/ auch in dem Sathan vnd Gottlosen. Vnd bald hernach : Hinc fit, ut impius non possit non semper errare & peccare. Dahero geschichts / daß der Gottloß nit anderst kan/ als jederzeit fählen vnd sündigen. Endlichen schließt der Gottlose Mann ibid. Deus non deplorat mortem populi sui, quam operatur in illo. Gott beweinet nit den Todt seines Volcks/ den er in jhme würcket. Das heißt ja Gott einen recht Gottsläfterlichen Spaß in verderbung deß Sünders andichten! als der den Menschen in die Sünd treibt vnnd hetzt; daß er anderst nit kan/ vnd jhne zum ewigen Todt vnvmbgänglich erschaffet/ vnd ohne einige seine freye Schuld/ dannoch in Ewigkeit jhne nit beweinet? Pfuy der vnleydenlichen Lehr! vnd dannoch darf Hofmann vns vnverschämbt/ vnd vnwarhafftig anbellen!

Zum Beschluß gegenwärtigen §. gibt es eine lustige reflexion. über dise Wort Hofmanni: Wofern es zu Augspurg mehr solche lustige Spaß-

Jäger

Jäger auff dem Thumb gibt/ so werden sie dem Teufel seine Küchen wol spicken. Warauff ist die Antwort: weil P. Haidlberger euch hie keine von jhme angestelte Spaß-Jagde/ als eben deren Prædicanten mit Prædi-canten geständig ist/ auch Hofmannus biß dato keine andere von jhme darge-than/ so muß jr Gegner mit disem seinem vnbesonnenen Oraculo nur so vil sagen wöllen: Dem Teuffel wäre die Kuchl mit Prædicanten stattlich zu spi-cken/ wann nur Haidlbergischer Jäger mehr wären: welches wie es auffzuneh-men/ bin ich Bescheids gewärtig.

Seminiverbius.
Num. XXIV. §. III.

Hierauff gelangte ich zum 1. §. der P. Haidlbergischē Erörterung zc. darinnen er den Freymuht mit >. Ar-gumenten zuüberführen trachtet/ we-gen seinem Anti-Lani gegebnen Titels einer Läster-Schrifft. Deß I. Argu-ments Vorsatz kan man mit schlechter ding passiren lassen/ weil solchen Pi-latus wider die Christen auch zu sei-ner Rechtfertigung hätte brauchen können. Von deß II. Arguments Vorsatz ist eben dises zu halten/ es seye dann/ daß derselbe also ergäntzet wer-de: der höchsten Majestät (gerechtes) Vrthel mit der (NB.) von der Christ-lichen Liebe/ Leuthseligkeit/ Erbar-keit vnd Bescheidenheit geführten Federschützen zc. vnnd also wird der Nachsatz auf den Anti-Lani sich nit reimen. Das III. Argument kombt mit den andern überein/ darumb ist Ihm auch einerley Antwort. In den übrigen vier Argumentem ist der Nachsatz falsch/ vnd vnerwisen/ wie solches zur gnüge in Mulleri Luthero-defenso wider P. Kreutzen/ vnnd D. Keßlers Lutherthum auffgeführet; Warauf die Römisch-Catholischen nichts

Castigatio.
Num. XXV.

Hofmannus bezeugt durchge-hend/ daß er vil nit wisse/ was er wissen solle; auch vil nit wissen wölle. Alle/ die Patris Haidlberger Anti-Lanium à n. 130. gelesen/ se-hen gar wol/ was er mit M. Hop-fero vnd Luthero/ wie auch mit dem Augspurgischen Ministerio Luthe-rano wölle vnd abziehle? Nemblich: Er will nit nur in genere, sondern in particulari auß Innheimischen vnlaugbaren Exemplen dem vn-schuldigen bößlich hindergangnen Lutherischem Völcklein beweisen/ daß die Lutherische Lehr ein ver-wirrter Wald seye: in welchem neben andern/ auch eben M. Hop-ferus/ vnd die jetzige Prædicanten in Augspurg vngebissen vnnd vn-gerissen nicht von einander komen können. Hiemit weißt Hofmann/ was er vor nit gewußt hat. Im übrigen frage ich: Warumb er nit auch denen andern Bücher-Scri-benten vorrupffe/ daß sie auß 24. Buchstaben/ so vil Blätter vnnd Zeilen anfüllen? da doch in den 24. Buchstaben alles bestehet! Daß nichts antworten können / als in welchen Schrifften alle fälschlich verkehrte Reden Lutheri / welche P. H. in seiner Erörterung hin vnnd wider angeführt / zur gnüge verantwortet seyn / deſſentwegen nicht vonnöthen / in diſem eilfertigen kurtzen Entwurff ſolches zu widerholen. Zu dem miſcht P. H. bey dem Worte Geiſtlich / n. 130. ſeines Anti-Lani, gar vngereimbt D. Lutherum / wie auch M. Hopferum in das Spil. Er kombt mir vor / wie R. Iſaac, von welchem R. Abenezra ſchreibet / daß er über das 1. Cap. Gen. 2. ſtarcke Bände herauß gegeben / vnd auß veranlaſſung deß Wörteleins / Liecht / die gantze Sehe-Kunſt / auß verlaſſung deß Wörtleins / Kraut / oder Graß / ein gantz Kräuter-Buch geſchriben; welcher modus amplificandi P. H. ſonderlich muß belieben / ſonſt wüßte ich nicht / warumb ers thäte.

er meinen Anti Lanium einen verwirrten Wald nennet; vergönne ich jhme ſo weit / als er bekennen muß: Es mögen die Herren Prædicanten darauß nit entrinnen; als deſſen Argumenta jhnen lauter Dorn in Augen / vnd Spieß in Lenden ſeyn; ein ſauterer Jrr-Garten / in den ſie ſich vnbehutſam eingelaſſen vnd keinen Ruckweeg finden können. Jetzt weiter!

Num. XXVI.

ES hat P. Haidlberger wider Sigiſmundum Freymuht 7. Argumenten geſetzt; Krafft deren er formlich dargethan / daß ſein Anti-Lani kein Laſter-Schrifft ſeye. Das erſte lautete vor ein Fundament alſo: Ein von höchſter Majeſtät herrührend / als legitimè geſchöpfft publicirte Vrtheil / iſt nit ad infamandum,

(welches doch zu einer Läſter-Charten eſſentialiter erfordert wird.) Nun dergleichen publicirtes Vrtheil iſt deß Herrn Labſanſki / (NB.) wie man auß den Actis vrbietig iſt zu weiſen. So weit das erſte Argument Patris Haidlberger.

Was ſagt Hofmannus darzu? Deß 1. Argumentes Vorſatz / ſpricht er / kan man nit ſchlechter ding vor wahr paſſiren laſſen. Was Urſach? weilen ſolchen Pilatus wider die Chriſten / auch zu ſeiner Rechtfertigung hätte gebrauchen können. Was ſolchen? den Vorſatz? Pfui der Unchriſtlichen vnd vn logicaliſchen Antwort! Als wann es vmb den Vorſatz eintzig zu thun wäre / vnd nit vilmehr vmb den Nachſatz. Der Vorſatz Patris Haidlbergers ſagt: Ein von höchſter Majeſtät herrührend / als legitimè geſchöpffte Vrtheil / iſt nit ad infamandum. Soll diſer Vorſatz Pilato auch dienen / ſo müſte er in dem Nachſatz mit Warheits-Grund ſublumiren können: Pilati Urtheil ſeye auch legitimè geſchöpfft: Weil er aber diß mit Warheits-Grund nit kan / ſo iſt vnſaugbar / daß Pilato auch der Vorſatz nichts gedeye. Hofmannus bemühe ſich (vnd es wird ihm gar wol anſtehen) den Nachſatz: Pilati wider Chriſtum / ſo wahr zu machen / als deß Römiſchen Kayſers wider die

die Ungarische Prædicanten wahr zu seyn/von Anti-Lanio ist dargethan worden: vnd daß also Pilati Urtheil auch ein legitimè, (NB. legitimè) geschöpfft Urtheil seye; so wollen wir ihm alsobald gestehen / daß sich Pilatus Haidlbergers Argument bedienen könne. Widrigen fahls/vnnd wann dises bejahen in dem Nachsatz / gantz Gottslästerlich/vnnd Anti-Evangelisch / der Vorsatz aber ohne wahrmachung deß Nachsatzes nichts tauget / so vergreifft sich mithin jener fast freuentlich an dem Heyland / welcher Pilato hie einigen Vortheil (auch deß Nachsatzes)einzuraumen / oder jene causam ad paritatem deß Röm. Kayserlichen Judicati zuziehen vnde rstehet.

Secht entzwischen liebe Herren Lutheraner abermal ein Haupt-Muster/ Prædicantischer Argumentir-Kunst vnd Gewonheit! den Vorsatz zubehaupten; den Nachsatz zu vndertrucken / vnnd dannoch als giltig schliessen wollen. Deren Manier in dem Anti-Lanio durch die Gleichnuß Venedischer Metzen von mir demonstrirte Ungiltigkeit/die Lutherische Lehrer so übel bekümmert:in deme mittelst selbiger Gleichnuß der Welt n. 22. in genere, hin vnd wider aber in specie erwisen wird/ daß die Predicanten nur den Vorsatz machen / den Nachsatz aber böslich vmbgehen; vnnd dannenhero so viler ehrlichen Leuthen Verleumbder werden.

Num. XXVII.

Das andere Haidlbergische Argument (darzuthun/ daß sein Anti-Lanische Schrifft keine Läster-Charten seye) lautete wie folgt:Der höchsten Majestät Vrtheil mit der Feder schutzen/bindet keine præsumptionem calumniandi auff/disen Schutz hat Anti-Lanius auff sich genommen.Ergo &c. Was bringt Hofmann entgegen?Er menget in den Vorsatz erstlich das Wörtlein Gerecht hinein: vnd will sagen: Wann das Urtheil deß Kaysers gerecht ist:Nun der gantze Anti-Lanius (also bezeug ich die Welt) thut die Gerechtigkeit dises Urtheils dar per præsumptiones, per oppositionum elisiones, per allegata & probata, per confessa,& judicata &c. Welche Prob dann Hofmann / so er ein Bidermann were/Theologisch oder Juridicè stürtzen solte. Biß dahin bleibt er in foro externo ein Majestät Lästerer. Warvon besihe Anti-Lanium fast durchgehend. Was er sonsten von Christlicher Liebe / Leuthsäligkeit/ Erbarkeit/vnd Bescheidenheit redet/ ist durchauß vntüchtig. In Bedencke; wider Predicanten-Lästerung alles nur gar zu leuthsälig/erbar/vnd bescheiden/ wie man sie auch titulire; so lang sie vns/ihrem argen Verstand nach Papisten vnd Antichristen nennen. Hofmann hat num. 83. deß Anti-Lanii böslich vergessen: wo er dise Wort Lutheri auß dem 5. Jehnensischen Tom. f. 285. lesen kundte: Ob hie jemand wird sagen / ich werffe gar zu fast mit Bubern vmb mich:c. deme seye geantwortet: Daß solch schelten gegen die vnaußsprechliche Boßheit nichts ist: dann was seyn Pabst-Esel darmit lauter

lauter Teufel lebendig? O der Christlichen Liebe vnd Bescheidenheit! Vnnd bald hernach: Lieber schilt vnd nenne einen Pabst-Esel / wie du willst / oder kanst; so ist es / als pfiff ihn eine Ganß an: Er hats also übermacht / daß er deinem schelten vil/vil/ vilmahl zu groß worden ist. Nenne ihne einen Papisten/ so rührst du es gar / vnd hast mehr gesagt / dann die Welt begreiffen kan / ärger kanst du ihn nit schelten! Behüte Gott der Lutherischen Leuthseligkeit/ vnd Erbarkeit! Ich sag: in Vergleich diser Anhetzung/ ist Anti-Lanius ein lauter leuthseliger/bescheyden / erbar Courtoisan/vnd rechter Hofmann.

Num. XXVIII.

Aldieweilen ferner Hofmann sagt: Daß 3. Argument Patris Haidlbergers komme mit dem andern überein: Darumb seye auch einerley Antwort. Hierauff wird versetzt. Erstlich/daß der Vorsatz Hofmanni nicht wahr seye; dann die dritte Probation hat ein gantz anders immediatum objectum, sie lautet also: Offenbahrung schwerer Laster eines Rei læsæ (ihme nicht allein die præsumption legitimè auff den Halß zu ziehen / sonder auch ex visceribus Causæ der Lästerung nulliter zu beweisen) ist keine Lästers Charten/ ꝛc. Der günstige Leser vergleiche dann dise dritte Probation mit der andern; vnd der Vnderscheid wird ihm klar vnder Augen fallen. Vor das ander: fahls ihme auch also were (wie ihm doch nit ist) so wird hiemit Hofmann von P. Haidlberger mit eben obiger vnd keiner andern Gegenantwort abgefertiget.

Num. XXIX.

Wie ingleichem über das vierdte vnd folgende übrige Argumenta; in welchen Hofmann den Nachsatz falsch/ vnd vnerwisen (falscher vnd vnerwisener weiß) nennet. Deme/ weil er keine andere Prob/ als deß elenden Mülleri vnd Keßlers defensionem Lutheranam beyfüget; also schämen sich Lutherische / etwann auffrichtige Gemüter selbst/ welche Lutherum biß hieher darumb ehrlicher gehalten/ als ihne die Papisten außgegeben; weil sie in dem Wohn waren/ es werden Luthero vil Text vnd Sprüch zugemessen/ so doch Lutheri nie seyen. Nun sie aber mit Schmertzen erfahren müssen/ daß Luther darinnen von erwehntem Müller vnd Keßler/ gehandhabet will werden; welches ihnen billich den Schamroth in das Angesicht treibet.

Seminiverbius.	Castigatio.
Num. XXX. §. IV.	Num. XXXI.
AN dem 2. §. klagt P. Haidlberger auß dem Jure publico vnd Civili den Sigismundum Freymuthen an / wegen seiner	Vermahl ist es eine hell-laute Vnwarheit/daß P. Haidlberger ihme die Licentz genommen ohne

seiner ohne Namen beß Dichters vnd deß Orths verfertigten verläumderischen Schriffe: Weil aber P. H. keine Probation diser Beschuldigung / daß es eine verleumbderische Schrifft / vnd nicht vil mehr ein Retorsion seye (deren er sich auch im 3 §. bedienet) geführt hat; so vermein ich/das Vrtheil vnd die Execution werde auff solche falsche Anklage nicht so schleunig ergehen. Im übrigen ist leicht zu glauben / daß P. H. die Freymuhtische Grobheit pag. 8. seiner Erörterung / verlache/weil er von Natur gar lustigen/ lächerlichen/ vnnd kurtzweiligen Geistes ist. Hingegen höre ich/ daß Sigismundus Freymuht die Haidlbergische Geschicklichkeit / welche er in Einrichtung der Streitt-Schrifften erwisen/sehr beweinen soll/als darinnen er (NB.) vorhin beantwortete/ vnd ihme nicht zukommende Fragen stellet/ seinen Gegner angreifft (NB.) mit Einmischung deß Prædicanten Beruffs/mehr als ihm die Causa notthringet/ꝛc.

ohne Prob/ Freymuhtische Charten eine Laster-Schrifft zu nennen. Ich bezeuge widerumb die ehrliche Welt / ob nit das gantze 6. Blat der auffrichtigen Erörterung durchgehends von lauter Beweisthumb angesetzt seye?

So sucht auch mein Gegner seine Zuflucht gar vnbefugt/vnnd lächerlich zu der Retorsion; dann solte es je Retorsio heissen müssen; wäre es nur Retorsio Retorsionis gestalten Patris Haidlberger Anti-Lanius eigentlich eine Retorsio wider den Lani,vnd wider die Vngarische Prediganten gewesen ist/ tanquam legitima injuriarum in iniuriantē, honoris tuendi causā propulsatio. L. ut vim 3.ff. de Just. & Jur. In dero Inhalt mit Warheits-Grund gezeigt wird / was vntrewe/vnwarffte/verleumbische informationes selbige Leuth wider den Pabst/wider Ihre Kays. Maiestät/ wider die Jesuiten/vnd andere mehr erstattet haben.

Wolte nun dise Retorsion Freymuht wider retorquiren/wurde/sprich ich/ nur Retorsio Retorsionis darauß; welche aber bey Hofmanno nit angehet; Im Bedencken/Anti-Lanius dem Lani vnd den übrigen seines gleichen Lehrern Retorquendo das geringste weder mit vnrecht/noch mit Vngrund/sondern jure omni vorgeworffen hat:Ubicunque autē offensio licita & permissa est, ibi defensio illicita,& prohibita censetur. Arg. L. si quis missus 3. ff ne vis fiat ei, qui in possess. miss. erit. Besihe Harpr.in § Hæc ad 12. Instit. de Iniuriis. n. 161. Ja, es ist dergleichen offensio nit eigentlich offensio zu nennen/ cùm offensa illa dicatur, qua quis alterum injustè lædit. Bart. in L. locatio. 9. §. quod illicitè.ff.de public. &c. Vectigal. Hingegen wird Anti Lanio auß den Rechten so wol die triplica, als duplica Retorsionis vorbehalten; als welcher seine Retorsionen mit lauter Warheiten wider einen gantz vnwarhafften Gegner eingerichtet Dessen Widerspül Hofmannus bey anmassung einiger Retorsion erweisen muß. Vnd diß

diß heißte endlich einmal die substantial Causam angreiffen; zu welchem End/ Zweck die Anti-Lanische Gegner so offt vnd ernstlich/ aber vmbsonst/ außgefordert worden.

Num. XXXII.

Nechst disem / vnd vor das dritte: In deme Hofmann den lustigen/ lächerlichen/vnd kurtzweiligen Geist Patris Haidlberger anhöhnet/ hat er daran so wol seines eigenen paragraphi 14. vnd 15. als Lutheri vnd seiner Religion übel vergessen. Er hat ja loc. cit. ernsthaffte Mitleyden mit vnsern Catholischen / daß wir Vergebung der Sünden/vnd also der Gnad Gottes/vnd folgendlich der daran hangenden Seligkeit nit vergwißt/vnd eben darumb auch einigen Trost nit haben/wie die Lutheraner. Was heißt aber diß? als dem armen Lutherischen Völcklein/einen immerzu lustigen/lächerlichen/vnd alles Mißtrost/ Trawrigkeit/vnd Melancholey befreyten kurtzweiligen Geist einpflantzen wollen? Unnd gewißlich/ ist die gantze Lutherische Religion/ ein lächerlich/lustiger/kurtzweilliger Sola-Glaube/der immer einen vnvnderbrochnen Trost/vnd Gewißheit/das ist/Geists-Gelächter nach sich ziehen solle: Wohin dann deß Anti Lanii gründliches Beweißthumb von dem 161. biß auff den 166. num. zihlet; zu deme der freundliche Leser angewisen seye. Wie auch hievnden auff num. 55. vnnd ander ꝛc. Gewißlich Moysen(Trost halben) sambt seinem gantzen Gesätz/weit/weit von sich abschaffen/ärger als den Pabst / vnnd Teufel selbst halten/ (weil er mit seinem Gesatz nur martert/schröckt/ vnnd tödtet.) sich mehr vor Gesätzen vnd guten Wercken hüten müssen/als vor Sünden. Freywillig fasten/Casteyung/Wallfahrten/ Kloster-vnd Priester-Gelübd / die Satisfaction in diser vnd jener Welt verspotten/verlachen; heißt das nit einen lustigen/lächerlichen/kurtzweiligen Geist haben? Zu disem Gelächter werden die Herren Lutheraner von Luthero gekützelt/ vunnd mit folgend höltzernem Gelächter angemuhret / daß sie nit anderst könden/als lachen: Ein jeglicher (NB.) Gottseliger/vnd der ein Rechter (NB.) Christ seyn will/soll (NB.) wol lehrnen/daß das Gesatz vnd Evangelium/zwey gantz widerwärtige Ding seyn/die sich mit/oder neben einander weder leyden/ noch vertragen können. Dann wem vnd wo Christus gegenwärtig/ vnnd vorhanden ist/da soll das Gesatz im Gewissen nit herschen / sonder weichen/vnd soll Christo das Beth allein lassen/ welches zu eng/vnnd die Decke zu schmal ist/daß sich 2 darinnen neben einander betragen möchten/wie Isaias am 28. Cap. sage. Darumb soll er allein Recht haben/ vnd herschen in Gerechtigkeit/Sicherheit/ Frewden/vnd Leben/ auff daß das Gewissen also mit allen Frewden Christo entschlaffe; keines Gesatz/Sünden noch Todts gewahr werde. So weit der in Gott einschlaffende Lutherus, Symp. edit. Francof. Anno 1567. p. m. 153. Dessen lä-

cherlich kurtzweiligen Geist/ der Leser ferner zu erkennen hat/ (alles anders zuge=
schweigen) auß angezognen Symposiacis f. 257. allwo einer auß den Titeln al=
so lautet: Den Teufel kan man mit Verachtung/ vnd lächerlichen Possen
vertreiben. Hernach aber im Textu bekennt Luther selbst: Er habe den Teu=
fel offt mit spitzigen Worten vnd lächerlichen Possen vertriben.

Seminiverbius.
Num. XXXIII.   §. IV.

IN dem IV. §. erweiset P. Haidl=
berger wider die Beschuldigung
S. F. daß er ein guter Logicus seye: besser
als man wünschen möchte. Eigen Lob
ist zwar immer verdächtig: Derowe=
gen thut P. H. gar wohl / daß er eine
Prob seiner guten Disputir=Kunst
darbey setzet. Dise bestehet darinne/
daß er erweisen will/ S. F. habe jhm oh=
ne Stirn vnd ohne Warheit (NB. das
ist/ eine Hoch-Teutsche Redens=Art)
die Logic auffgerumpfft / vnnd solches
darumb / dieweilen die Lutherischen
Theologi nicht allzeit (NB. wenn die
Streitt=Frage mit außtrucklichen o=
der gleich bedeuteten Redens=Arten /
in der H. Schrifft beantwortet zu=
finden) vor nothwendig hielten/in syl=
logistischer Form zu disputiren. Man
kan aber dises auff zweyerley Art ver=
stehen/ daß er der Lutherischer Theo=
logorum Außspruch billiche oder vn=
billiche. Billichet er denselben / so
wird sein Beweiß also lauten: bey wel=
chem eben die jenige Beschaffenheit
sich befindet / nach derer Bedingung
die Lutheraner ohne syllogistische
Form zu disputiren nit vnbilichen/
demselben wird die Disputir=Kunst
vnverschämbter vnd fälschlicher weiß
vorgeworffen. Bey P. H. befindet sich
eben

Castigatio.
Num. XXXIV.

DIser gantze §. ist so voller Un=
warheit/ als ein fauler Käß
der Würmen. Ob P. Haidlberger
ein guter oder böser Logicus seye/
erweiset das Werck. Und ver=
wundert sich der fromme Lutheri=
sche; daß die Predicanten ei=
nem so schlecht geachteten Logi=
co nichts / gar nichts zur Sache
antworten; so an seiten meines
Gegners / nicht grosse Wunder=
werck sagen will; ja er gibt klar
den Sig auß der Hand: warmit
dann P. Haidlberger sich selbst in
Actu exercito wie billich; nit in a=
ctu signato, so spöttlich were/ ge=
lobt hat.

Num. XXXV.

ENtzwischen ist es ein schänd=
liches crimen falsi, daß Hof=
mann meine Wort verwechselet,
gestalten ich niemahl geschriben /
Ich seye ein besserer Logicus
als man wünschen möchte/ son=
dern: daß Freyinhuber mich nicht
so gut wünsche als ich bin; wel=
ches der Gegner Art ist.

Ein Unwarheit ist: daß ich vor
einen Beweiß obiger/ fälschlich
angeschmitzten Ruhmsüchtig=
keit solle die Lutherische Theolo=

eben die jenige Beschaffenheit/ꝛc. Negatur minor, der Baur laugt/dem Herren vngeantwortet. Vnbillicher aber P. Haidlberger der Lutherischen Theologorum Außspruch / als einen Fehler (wann er jhre auff gewisse Art bedingte Wort zerstümmelt)so ist dises ein formlicher Beweiß: Was einer selbst vor Fehler an sich hat/die wirfft er einem andern vnverschambter vnd fälschlicher weiß vor : Die Lutheraner haben selbst disen Fehler an sich/ daß sie die Disputir-Kunst nicht in Acht nemmen. Ergo. Resp. Negatur major & minor. Ich subsumire : P. Haidlberger hat disen Fehler an sich / daß er vnnutze Wort vorbringt / die Heilige Schrifft falsch citirt / falsche Propositiones vnd Consequentien macht/ꝛc. ergò verweiset er vise Fehler seinen Zuhörern vnd Schulern vnverschambter vnd fälschlicher weiß. In summa/welcher ein Specimen seiner Disputirkunst ableget / mit bösen Consequentien, Verfälschung vnd Zerstümlung anderer Leuthe Wort/ von dem wäre zuwünschen/daß er nicht so betrüglich/ lugenhafftig/vnklug/vnd böser Logicus wäre/ als er ist. P. Haidlberger hat so wol in gegenwärtigem §. als auch vorhergehenden dergleichen Specimen abgelegt. Ergò wäre zu wünschen/daß P.H. nicht so betrüglich/lugenhafft / vnklug/ vnd böser Logicus wäre/als er ist. J. O. E. D.

sos ad paritatem causæ, angezogen haben/welche nit allzeit für nothwendig hielten in syllogistischer Form zu disputiren. Nicht vor einen Beweiß / noch ad paritatem causæ; sonder ad retorsionem zoge ich sie an ; wie in meinen Worten wider Freymuhe §. 4. klar zu ersehen, so also lauteten: Sollen nit dise Herren billich Bedencken tragen/jemand die Logic, oder Disputir-kunst vorzurupffen/ wann sie ihres Mylii Theses &c. lesen ? (NB.) als welcher durchauß nicht haben will/ daß sich die Predicanten mit syllogistischem Disputiren gegen die Jesuiter einlassen.

Ein vnschamhafft Beginnen ist dise objection: In Bedencken/ ja keine hochmütigere Ruhmrührigkeit zu finden ist / als bey denen Uncatholischen Lehrern; deren jeder die gantze Antiquitet. der lieben Kirchen/vnnd HH. Vätter Consens gegen seinem verwirfflichen Privat-Geist verachtet ; oder auff einen vnerhörte-stolz vnd falschen Propheten Lutherum sich stewret: dessen eigen Lob Tom. f. Jehn. f. 141. jeden rechtschaffenen Lutheranern gewißlich mißfällig vorkommen muß. Doctor Martin Luther wills also haben! vnd spricht: Papist vnnd Esel sey ein ding: Sic volo, sic jubeo, sit pro ratione voluntas, dann wir wollen nicht der Papisten Schuler/ noch Junger / sonder ihre Meister / vnnd Richter seyn/ wollen auch einmahl stolziren vnd pochen mit disen Esels-Köpffen ꝛc. Und bald hernach: Ich kan Psalmen vnnd Propheten auß-

außlegen/daß können sie nicht. Ich kan dollmetschen/das können sie nit. Ich kan die H. Schrifft lesen/das können sie nicht. Ich kan jhr eigen Dialectic vnd Philosophia baß/dann sie selbst allesambt; vnd weiß darzu fürwahr/daß jhr keiner jhren Aristotelem verstehet/ vnd ist einer vnder jhnen allen/der ein Proœmium oder Capitl in Aristotele recht verstehet/so will ich mich lassen bröllen! So weit Luther. Sihe was Gestanck/ wann man dise Füchs bröllet!

Num. XXXVI.

In allzufrecher erdichter Ungrund wird vorgegeben: Die Klag P. Haidlberger wider Freymuht (wegen Vorruppfung der Logic) fusse sich auff dem: Daß die Lutherische Theologi / nit allzeit (NB.) wann die Streitt-Frag mit außtrucklichen oder gleichbedeuteten RedensArten in H. Schrifft beantwortet zu finden/ Vor nothwendig hielten / in syllogistischer Form zu discurriren. Dise Ursach hat P. Haidlberger nie vorgeschützt: Sonder darumb hat er die Vorruppfung Hofmanni ohne Scirit genennet / weilen die Predicanten selbst durchgehend die formliche Disputir-Kunst auß bösem Gewissen flieheten; wie in Haidlbergischer Erörterung wider Freymuht. pag. 9. auß angezogenen exemplis klar zu sehen. Dessen Fundament bleibt (wie vilfältig gemeldet)weil sie minorem propositionem probandam supponirten/anderst nit/als die Benedische Metzen darthun/daß sie Pau. H. Befelch halten/ keusch zu leben. Vide Anti-Lan. n. 2 1. & 22.

Ein verderblicher/ selbst eigen Lutherischer Religions-Satz ist es: Vorgeben dörffen/daß die Lutherische Theologi nur alsdann nit vor nothwendig halten/in syllogistischer Form zu disputiren (NB.) wann die Streitt-Frag mit außtrucklich-oder mit gleich bedeutende Redens-Arten in der H. Schrifft beantwortet zu finden. Auß welchem dann folget / daß sie es vor nothwendig halten / wo sich die Redens-Arten in der Schrifft widerig verhalten. Sehet nun doch/liebe Herren Lutheraner! eines theils müsse ihr immer hören: man solle nichts glauben/als was in der Schrifft stehet; andern theils supponirt hie vnser Hofmann: Es gebe auch (Glaubens) Streitet Frage/die man weder mit außtrucklichen / noch mit gleich bedeuteten Redens-Arten in H. Schrifft finde. Und von denselbigen halten sie nothwendig in syllogistischer Form zu disputiren. Warüber die Frag entstehet: Ob ihr Herren Lutheraner alsdann schuldig seyet/die von jhnen außdisputirte dergleichen Stuck als einen Articul zu glauben/oder nit? Seyt ihres schuldig zu glauben? so glaubt ihr was außer der Schrifft auß lauter Menschlichem Düncklt/Außlegung/vnd Folgerey. Seyt ihr es aber nit schuldig zu glauben: so glaube ihr nit nothwendig (damit ich Exempelweiß rede)daß Maria ein Jungfraw nach der Geburt seye. Daß die Bücher der H. Schrifft von dem Ersten

Ca-

Capitel deß Büchlen der Erschaffung/biß auff das letzte Capitel deß letzten Buch/ die rechte/gäntzliche Bibel seyen; Daß die Personen in der Dreyfaltigkeit durchgehend gleich seyen: gestalten dann nichts dergleichen / weder mit außs truckliche / noch gleich bedeutenden Redens-Arten in der Schrifft zu finden ist.

Ein vntrewes Stuck ist es/daß Hofmann dise meine Wort (ohne Stirn vnd ohne Warheit) verterxelt. Er nimbt sie in sensu conjuncto, da ich sie doch in sensu diviso genommen/wie meine Redens-Arth außweiset. Ja es ist di= se connexio vnd Wort so nude gar nit gesetzt worden; sonder sie lauten in Pa= tris Haidlbergers Erörterung also: Mit was Stirn dann rupfft mir Sig= mund die Logic auff? ja mit was Warheit? Dessen erster Theil eine Re= torsion ist; vnd ex Antecedentibus so vil heißt: Weilen die Predicanten selbst formam syllogisticam fliehen/so seyen sie wol (ohne Stirn)vnverschambt/ so fern sie andern die Logic auffrupffen. Der ander Theil ist eine mentita, Sig= mundo ertheilet/vnd heißt so vil: Neben der Vnverschämbde hat Sigmund auch die Vnwarheit geredt; als der die Vnwissenheit der Logic von P. Haidl= berger nit beweisen kannen.

Num. XXXVII.

Auff welche Vntrewe/weilen Hofmann all das übrige Geschwätz difes §. ge= bawt/so kracht mithin das gantze Gebäw/ohne vmbstossen von selbst darni= der. Namhafft sein vnbehöriges dilemma , laut dessen er zweifelt: Ob P. Haidlberger der Lutherischen Theologorum Außspruch billiche / oder vnbilliche? Was Ursach hat diser Mann zu zweifflen? Ob ich billiche/was er würcklich sihet (vnd aber nit leyden will) daß ichs von seyten anderer Predi= canten als vnmanirlich; von seyten Hofmanni aber/ als mit Unwarheit/ Un= trew/vnd lauter Vngeschick vorgebracht/vor der erbaren Welt allbereit anklas ge? Freylich billiche ich dergleichen Predicanten Außspruch nit.   Vnnd eben so wenig Hofmanni/mir angedichteten/wie er sagt/formlichen (in der Sach aber wol vnformlichen) Beweiß; in dessen Majori propositione dise Wort: fälschlich r weiß/ja freylich fälschlicher weiß/ eingeruckt seyn.

Sonsten widerspich ich hierbey deß letzten Hofmannischen syllogismi Ehrenrührischer minori propositioni auß allen Rechten. Vnd weilen er oh= ne einigen Beweiß/mich betrüglich vnd lugenhafftig nennet; hingegen ich ihme auch Duplicam, vnnd Triplicam Retorsionis(vermög obigen n. 31.) zuruck in Busen zu schieben befugt bin; als thurich es hiemit formlich: Anbey den redlichen Leser zu denen hie n. 1. auffgesetzten Kennzeichen anweisend: krafft deren man (ceteris paribus) abnemmen mag: Fahls ein Catholisch vnd Luthe= rischer Scribent mit einander im Feld ligen/welcher auß beeden warhaffter re= de?

E   Semi=

Seminiverbius.
Num. XXXVIII. §. VI.

Erner sehe ich/ daß P. Haidlberger von Sigisin. Freymuht begehrt: Er woll jhme doch die im Anti-Lanio befundene vnteutsche alberne Redens-Arten absonderlich auffmercken. Vnd zweifle ich nicht/ wann P. Haidlberger/ die Vnkosten wider erstatten will/ weil solches zu seiner Information in der teutschen Sprach gereichen soll; vnd er villeicht noch einmal ein vornehmes Mit-Glid der Hochlobl. Teutschen frucht-bringenden Gesellschafft abgeben kan / wie seine Specimina beweisen/ es könne jhm mit einem Register von 5. biß 6. Bögen gewillfahret werden.

Castigatio.
Num. XXXIX.

Wann mir Hofmannus nur so vil vnteutsche alberte Redens-Arten absonderlich mit Warheit auffzeichnet/ als ich jhme biß bieher vnbidermännische Unwarheiten mit Grund bemerckt habe / so will ich jhne im übrigen/seiner gethanen Obligation entheben. Entzwischen bleibt es bey dem newlich in Truck gegebnen Haidlbergische Urtheil / gleich wie wider Sigismundum/ also wider Hofmann. Besihe §. 4. n. 2. der auffrichtigen Erörterung. Sonsten verehre ich die ansehenliche frucht-bringende Teutsche Gesellschafft: Aber wann

es da hinauß gehet/ daß vmb derentwillen die Schrifft muß verfälscht werden; wie (anders zugeschwiegen) (anticipando) von Luthero Tom. 5. Jch. f. 141. mit dem Wörtlein Sola, oder Solùm , über das 3. Pauli zu den Röm. geschehen ist(welches der trefflich frucht-bringe Gesellschaffter selbst bekennt: Er wegen füglichkeit Teutscher Sprach eingeruckt habe; ob er schon wol wußte / daß es weder im Griechischen noch Lateinischen Text zu finden ware) so gelustet mich diser Kunst nit. Hæretici calorem non habent, ut benè vivant, sed ut elatè loquantur, habere desiderant. Und bald hernach: Per calorem loquacitatis ,in se imaginem ostendunt decoris, ut eô per decorem linguæ perversa facilè persuadeant &c. Die Ketzer haben den Eyfer nit/damit sie frömblich leben/ sonder damit sie hoch reden. Mittelst eines hitzigen Geschwätz / weisen sie einen Schein der Erbarkeit; damit sie durch Zierlichkeit der Zungen leichtlich überreden. Greg. M. 3. Mor. 14.

Seminiverbius.
Num. XL. §. VII.

PAg. 1. beklagt sich P. Haidlberger über die durch vngereimbte Folgerey zugemutete Bruderschafft mit Juda. Aber Salvà Reverentiâ, P. Haidlber-

Castigatio.
Num. XLI.

Salvâ Reverentiâ Hofmanne! die Krafft deß Schluß beruhet darinnen: Hofmannus hat einerley Profession, vnnd Sitten mit an-

berger/die Krafft deß Schlusses beruhet darinnen: P. Haidlberger hat einerley Namen mit Juda empfangen/vnd ist selbiger an ihme so übel angewendet/als an Juda (NB.) dem Verräther Christi. Darumb ist es ein Judas-Bruder. So ist die Folgerey nicht vngereimbt/ vnd P.H. gegebene instantia von den andern Aposteln/gehet also gar nicht an: Aber angeführte Dictum auß dem origine reimet sich desto besser auff P. H. vnd andere dergleichen Socios, welche zwar JESUM kussen durch äusserliche Scheinheiligkeit/ fürgewendeten Eiferzu fortpflantzung der Religion/ vnd der Ehre JEsu; aber vil mehr vnd eigentlich die 30. Silberling vnd Schätze diser Welt trachten zu erhalten/ vnd anstatt der Ehre JEsu / deß Pabsts/ vnnd jhre eigne Ehr suchen; hingegen Christum in seinen Gliedmassen helffen verrathen / ängstigen/ verfolgen / zum Todt verurtheilen/ vnd den Kriegsknechten mit behilfflichem Rath vorgehen / wie sie denselben fangen mögen.

Seminiverbius.
Num. XLII. §. VIII.

WAnn er ferner den Lojolam / als Vrheber seiner Societät defendiren will/ so begehet er wider die Lutheraner eine schändliche Sophisterey / die man in Schulen petitionem principii nennet. Ist abermal ein schöne Prob eines scharffsinnigen Logici, vnd Disputatoris. Dann eben die jenige Qualität oder Beschaffenheit der Person nimbt er so wol an Lojola / als

andern Ketzerischen Worts-Dienern: darumb ist er ein lugenhaffter Lästerer / vnd Seminiverbius, der vil schwätzt/nichts darthut.

Das angeführte Dictum auß Origine, reimet sich darumb auff die Predicanten/ vnnd nicht auff die Jesuiten; weil es also heisset: Omnes Hæretici, quemadmodum Judas, sic JESU dicunt Rabbi, qui & osculantur eum, sicut Judas: das ist: Alle Ketzer sagen JEsu Rabbi/ wie Judas / 2c. Nun seyn nit die Jesuiten/ sonder Lutherus/ vnd die Lutheraner offentlich vnnd solenniter in jhrer Lehr verdambt worden/ wie hievnden n. 43. vnnd 60. erwisen wird. Ergo &c. Die Schätz vnnd 30. Silberling / wie auch die Verfolgung der Glider Christi betreffend/ mag Hofmann in der Freymuhtischen Erörterung pag. 17. vnnd pag. 18. sich Bescheyds erholen.

Castigatio.
Num. XLIII.

WJe so Herr Hofmann / wie soll meine dem H. Ignatio auffgesetzte Defension / eine Sophisterey, seyn; die man in Schulen petitonem principii nennet? Fünff modos petendi principium, setzt Aristoteles 8. Top. f. Laß hören/ welcher ist wol darauff Haidlbergisch? So ist ja Petitio principii alsdann/ quando conclusio pro-

Luthero/ vor bekandt vnd wahr an/ welche noch nicht erwisen / sondern streittig ist. Daß Lojola sich Weltkündig gebessert/ vnd Lutherus weltkündig einer der bösesten Menschen worden/ vnd verbliben/ ist bey der erbaren Welt eine Weltkündige Lugen. Die Vrsach aber / warumb S. F. den Lojolam einen liederlichen Soldaten genennet hat P. Haidlberger nit getroffen: In dem solches nicht geschehen / in ansehung deß allgemeinen Soldaten-Standes (wie abermahl P. H. à particulari ad vniuersale schließt) sondern deß Lojolæ/ vnd seines darauff erfolgten bösen Vornehmens/ daß Er auß einem bösen Soldaten ein noch ärgerer Mensch/ das ist / ein Mönch geworden/ vnnd einen newen Orden gestifftet.

probanda ad probationem sui accipitur. Oder nach anderer Gelehrten Arth zu reden: quando assumitur pro probatione, quod est in quæstione. Nun ist diß Orths vltra quæstionem, eintweders nie geschritten worden; wie kan dann P. Haidlberger in probatione assumiren, quod est in quæstione? Oder Patris Haidlberger Vortrag schließt in sich eine gäntzlich von der quæstion vnderscheidne HauptProbation, in dem einigen Wörtlein Weltkündig; so aber diser Logicus nicht gesehen hat. Der Status quæstionis stehet einer seyts in deme: Ob der H. Ignatius von seinem etwann liederlichen Soldaten-Stand sich gebessert? Anderseyts: Ob Lutherus von dem frommen Mönchstand sich gebösert? P. Haidlberger beweiset beede/ nit per petitionem principii, sonder durch das(NB.) eingerückte Wort: Weltkündig; so in sich vel notorietatem facti, vel Juris, vel utriusque einschließet. Was nun durch dergleichen Weltkündigkeit bewisen wird/ ist stattlich bewisen; gestalten hiemit die Welt selbst zu Zeugen genommen wird.

Laß aber sehen/ was bezeugt die Welt von Luther? Auß jhme selbst tom. 4. Ieh. f. 536. haben wir die eigenmündige Bekandtnuß/ daß er zu Worms/ als ein Ketzer seye durch einen Reichs-Schluß verruffen worden. So schreibt Melanchton l. 1. epist. Nou delector recordatione Comitiorum Augustanorum, in quibus tristi, & atroci sententia damnati sumus. Deß Augspurgischen Reichstag Gedächtnuß erfrewet mich nit: in welchem wir entsetzlich/ vnd betaurlich verdambt worden. Es ware diser Reichs-Tag der Welt-berühmtiste vor allen. Von dessen meistentheils Ständen die Lutherische Lehr verdambt worden. Der Römische Kayser selbst laßt publica Authoritate in dem 1521. Jahr zu Worms/ wie zu lesen tom. 1. lehn. f. m. 456.& seqq. ein offentlich Edict wider Lutherum außgehen/ in welchem er der Welt kundt machet: 1. Luther habe Ketzereyen eingeführt. 2. Welche theils new/ theils schon vormahls von den H. Concilien verdambt. 3. Solche seyen seiner Zeit wider von der Höllen herfür gezogen. 4. Er schreibe beyläuffig gar nichts/ das

nit

nit zu gantzem Abfall deß Christlichen Glaubens raiche vnd diene rc. §. Wann
seine Lehr ein verderbliche Sucht / befilcht sie mit offentlichem Fewr durch die
Justiti Diener zuverzehren. Warüber 6. bannistrt er Lutherum. Vnd (§. a%
ber gegen) erkläret er alle seine Anhänger/Enthaleer/Fürschieber / Gön-
ner vnd Nachfolger in Reichs-Acht/vnd Aberacht; confiscirt jhre Güter? rc.
So weit (vnzahlbar andere durch bewehrte Authores eröffnete Stuck zugeschweigen) die Welt kündige Zeugnuß von dem böfisten Mann Luthero.
Num. XLIV.
WElchem wann also/vnd eines theils Hofmannus sambt all denen seinigen
auff Ignatium Lojolam dergleichen Welt-Urtheil in Ewigkeit nicht bey-
bringen kan ; privat aber/Lutherischer Scribenten als infamiâ Juris §. suprà
cit. Notatorum Schrifftstellungen/per consequens, auß erstberührtem Wor-
matiensi Decreto gäntzlich vnkrässtig/vnd abgewürdiget seyn : Andern theils
entgegen neben vnzahlbaren glaubwürdigen Authoribus allerhand Ständen/
Würden/vnd Dignität / das allgemeine Judicium der Kirchen vrsprünglich
sub Paulo V. &c. &c. Jtem/Kayser/Königen/vnd Potentaten Authorität vor
Ignatij Fromkeit stehet/ vnd beständig amptet; so scheint leichtlich/was vn-
schambare Calumnien dem H. Mann beforderst; dann auch Patri Haidlberger
mein Gegner Hofmannus auffgebürdet habe. Wolte hie Hofmannus/so wohl
vor Ignatium/ als wider Lutherum offentlich geführte Welt-Urtheil nit billi-
chen/so wisse er/ quòd probatio incumbit neganti,solemnitatê juris fuisse adhi-
bitam. Auberr. Paril. Indic. ff. V. probatio. ad L. ab ea parte §. ff. de probat.&
præsumpt. Er lese auch Cochlæum/Ulenbergium/Bozium rc. welche jhme zeigen werden/daß Lutherus/nit allein der böfisten Männern worden / sondern
auch biß in den Todt der böfisten verbliben seye!

Num. XLV.
WAs Hofmann in gegenwärtigem §. noch schreibt/ist nicht besser/als obiges.
Er verfälscht erstlich den Text/ohne Schamröthe/vnd sagt : P. Haidlberger habe à particulari ad universale argumentirt : da doch diser gar nichts seiner seyts schließt/ sondert nur implicito dilemmate anfraget: Was Ursach Freymuht den H. Ignatium einen liederlichen Soldaten nenne? Zum 2. will
Hofmann die eigentliche Ursach beybringen/warumb Ignatius ein liederlicher
Soldat genennet werde? nemblich : weil er auß einem bösen Soldaten/ein
noch ärgerer Mensch/das ist/ein Mönch geworden seye. Schon oben
n. 5. haben wir dise in Iuribus Pontificiis übel berichtete Leuth gewarnet/sie sollen sich doch in denen/was sie nit wissen/nit so vnbehutsam verwicklen. Allermassen weder der H. Ignatius seine Lebens-Tage jemalen ein Mönch gewesen;
weder P. Haidlberger; welches Hofmannus in seinem §. 2. nicht ohne Verspü-
rung häßlicher Ignorantz jhme sehr vnbesonnen beymesset. Gesetz aber: daß Re-
ligios-

ligios. vnd Mönch convertibilia wären/ so doch nit ist; folgt hierauß/ daß Ignatius eben darumb ein liederlicher Mann/ vnnd noch ein ärgerer Mensch/ (das ist ein Mönch) worden seye? Schewet sich Hofmann nit/ die grosse Kirchenlehrer/ Basilium/ den vnvergleichlichen Augustinum/ den vnschuldigsten Gregorium Magnum, den wunderthätigen Martinum Turonensem/ den Gott geliebten/ hochgesegneten Patriarchen Benedictu.n/den Gottsförchtigen Bernardum etc. Item so vil hundert Potentaten/Kayser/ König/ Fürsten/etc. liederliche Leuth/ vnd noch ärgere Männer darumb zu nennen/ weilen sie theils Mönch/ theils andere Religiosen worden? theils Mönchs-Klöster/ theils völlige Mönchs-oder sonst Religiosen-Orden gestifftet?

Verständiger Herren Lutheraner gutachten wird hie heimbgestelt: Erstlich was Logicus jener seye / welcher dise abschewliche / von selbst quellende consequenz nit gesehen. Zum 2. Ob der nit Gottloß seye/ der sie gesehen/ vnnd nit geschewet? Zum 3. Ob diser Mann jhme nit selbst starcke præsumption, vnd Præjuditz eines bösen Lästerers wider die vbrige Menschen auffburde; welcher auch solche Kirchen-Lehrer/ohn allen Beweiß zu höchster Vngebühr zuverschimpffen nit schonet. Zum 4. Wer jhme den vernünfftigen Glauben in so vilen gegenwärtigen vnbewisenen Lästerungen zustellen solle/ oder wolle? Zum 5. Ob nit Hofmann hie selbsten (seinem Satze nach) petitionem principii begehe; welche er an mir n. 43. auß lauter Vngrund getadlet hat? Allermassen er den Mönch-Stand/ als eine lasterhaffte Sach vor bekandt vnnd wahr anmunbt; so doch weder bißher erwisen/ noch in Ewigkeit erwisen kan werden. Zum 6. Ob nit Hofmann sich selbst auffresse? dann hieoben hat er vil-Ergernuß wollen darauß machen/ daß P. Haidlberger/ wider Ordens-Gelübd (scilicet) Benedischer Metzen in seinen Schrifften gedacht hat: hie ist jhme der Orden vnd folgendlich primario die Gelübd/ eine lasterhaffte Vnderfangung.

Seminiverbius.
Num. XLVI. §. IX.

Herauff muß P.H. pag. 12. bekennen/ daß er das Jus Civile, auß Irrthumb der Augen / falsch citirt habe; Hingegen thäte jhme S. F. vnrecht/ als hätte er p. 86. 8>. deß Anti-Lani, das Jus Canonicum allegiret; weil er nicht dises/ sondern Thomam de Aquino allegiret. Sie mögen hierinnen beede mit einander auffheben. Es verlanget aber P. H. zu wissen/ wie dises auffzunehmen sey/

Castigatio.
Num. XLVII.

PAtri Haidlberger ist es nit gelegen/ einen Richter/ respective Reum vnd Actorem, zu billichen/ der Haidlbergisch vnd Hofmännische Actiones quasi ex Officio. auffhebe. In Beysorg jenes L. si per imprudentiam 51. ff. de evict.. et. duplæ stipul. quid refert sordibus Iudicis aut stultitiâ res periezit? Was ligt daran/ ob durch Miet

ſey/daß S. F. pag. 10. auß H. Schrifft auffziehe/mit.8. Silberling / da doch an ſelbiger Stell (2. König. 6. 25.) 80. ſtehe. P. H. will jhm ſelbſt eine Entſchuldigung an die Hand geben / als ſolte es S. F. vor einen Druckfähler rechnen. Aber ſo vil ich von S. F. vernommen/darff er mit P. H: ſeinen böſen vnnd lahmen Entſchuldigungen ſich nicht behelffen; ſondern wie ich hör:/er hat ſich gegen einem Papiſten auch einer Papiſtiſchen Bibel bedienet/nemblich D. Johann Dietenbergers / in deſſen zu Maynz 1603. in Octavo,vnd zu Cölln 1605. in Folio Teutſch herauß gegebenen Biblen an gemelter Stelle 2. König. 6. v. 25. acht Silberling ſtehen. Drumb wann P. H, diſes dem S. F. als einen Fehler/ vnd Vnvorſichtigkeit vorwirfft / ſo trifft er hierinnen gar nicht den S. F. ſondern ſeine eigene GlaubensGenoſſen/die dergleichen Bibel cenſiret vnd herauß gehen laſſen/ diſe werden jhn vor einen vnvorſichtigen/vnnd nicht einmal 8. geſchweige dann 80.Silberlinge gültigen Kopf halten/daß er nit bedachtſamer iſt/vnd in dem er anderen Leuthen ihre Fehler will vorwerffen/ vnvorſichtiger weiſe ſeine eigene Glaubens-Genoſſen antaſtet. Hingegen wolle doch P. H. eine Lutheriſche Bibel benennen / da Ezechiel 10. 6. der p. 10. ſeiner Erörterung angezogene Sprüch: Ecce ego mittam eis venatores multos &c. zu befinden. Hie wird die Außflucht zu einem Druckfehler nicht ſtatt finden. Denn zwiſchen Jeremia vnd Ezechiel iſt keine Ver-

Miet-vnnd Geitz-Gaben deß Richters/oder durch Thorheit die ſache zu grund gangen ſeye? Laß ſehen/was ſagt der vngerechte Richter? (Luc. 18.) Sie mögen hierinn beede mit einander auffheben/ ſpricht er. In wem Hofmanne! weil P. Haidlberger auß Jrrthumb der Augen das Ius Civile falſch citirt. Das iſt nit wahr Herr Richter! dann das Ius Civile falſch citiren/ heiſſet den Text falſch angeben; nicht nur im Titul/oder Blatt/ oder Numero, ohne deſſen Text Schmählerung verfählen? Welche letztere Ding der Warheit durchauß keinen Mangel bringen. Arg. L. Errorem Cod. de error. Calc. Errorem calculi,ſive ex contractu,ſive ex pluribus emerſerit,veritati non afferre præjudicium,ſæpe conſtitutum eſt.

Weit anderſt bewendet es mit Freymuht: als welcher nit etwan citando,vngefähr im Titul / oder Numero gefählet/ ſonder per Calumniam ein Actor worden iſt / vnd ſein keck ſeinen Gegner mit offenbarem Ungrund beſchichtiget/ er hab das Ius Canonicum citirt, waran er nie gedacht. Item die citationes wider der Canoniſten Obſervanz zu wider/ ſecundùm diſtinctiones vnd quæſtiones eingeführt: ſo aber lauter Freymuhtiſch/ theils frech vnd Unwarheit/ theils Unwiſſenheiten ſeyn. Unnd ſihe redlicher Leſer! diſer Judex Iniqui-

Verwandtschafft. Vnd in dem er an= quitatis wolte dannoch gern der=
dere einer Vnvorsichtigkeit bezüchti= gleichen Imposturn, vnnd Betrug
gen will/ hette er sich selbst besser sol= mit Haidlbergischem Aug-Irr=
len in acht nemmen. thum q. ex officio auffheben! Er
thüe es nun auß ignorantz oder dolô malô, bleibt er den Rechten in der Pön.
Argum. L. si filius familias 15. ff. de judiciis. & ubi quisque &c. Item Bartol.
in L. cit. So vil hiervon.

Num. XLVIII.

Je final Wort dises §. auff welche sich das übrige Geschwätz hinauß zie=
het/ seyn mehrmal ein offenbarer Betrug/ vnd falsche Wort-Verträhung
Hofmanni: allermassen Freymuht nit darumb Vnvorsichtigkeit halber ge=
strafft worden/weilen er Druck-Fähler begangen; sonder darumb/ weilen er
Druck-Fehler anziehen/ vnd tadlen mag. Meine Wort lauten außtrucklich al=
so: Freymuht hat der Sachen nit vorsichtig nachgedacht / sonsten er
meiner Druck-Fähler geschwigen hätte/weil es bey den Erfahrnen bekant
ist/ wie solche den Schrifft-Stellern nit zuzumessen seyen: wie jhme dann
gewißlich also. Darumben weder Patri Haidlberger(so auß übersehung das
Wort Ezechiel an statt Jeremias gesetzt) weder den übrigen Catholischen we=
gen Dietenbergers Bibel zu Maynz halber einig Vnvorsichtigkeit / vorgeworf=
fen werden kan. Es bedarff weiter nichts zusagen/als: in Patris Haidlberg
Scriptum ist jener; in die Dietenbergische Bibel ist diser Fehler eingeschlichen ;
vnd was hernach mehr?

Seminiverbius.

Num. XLIX. §. X.

IN dem 5.§. sagt P. Haidlberger /
daß er zur Vngebühr vernichtet
sey außgefaßtem Haß / Groll / vnnd
Neyd/ weil er so übermässig vernich=
tet werde / welches eine Anzigung
sey/ daß dise Vernichtung nit glaub=
würdig. Hierauß nehme ich ab / P. H.
hat M. Lani übermässig / vnnd auffs
ärgste als er erdencken können / ver=
nichtet; Ergo. ist Patris Haidlberger
Anti-Lani eine Neyds-Geburt; vnnd
nicht glaubwürdig. Hierauf schreitet
P. H. zu der Verantwortung der jhme
von Sigismundo Freymuht. beyge=
mes=

Castigatio.

Num. L.

WAs sich beweisen lasset/ ist nie
zu übermässig : macht also
nicht vnglaubwürdig. Ist auch
nicht ein Zeichen / einiger Neyd=
vnd Grollen-Geburt/ꝛc. P. Haidl=
berger hat von Stuck zu Stuck
wider den Lani alles bewisen(oder
laß sehen das Widerspil/ vor eini=
ge Puncten ?) Ergo thäte Er
nichts übermässig; Ergo nicht vn=
glaubwürdig. Hingegen hat Frey=
muht nicht einiges Stuck wider
P. Haidlberger dargethan.; Ergo
bleibt

mossenen Nichtigkeiten. Er bleibet aber überall in seinem vorigen Wertche.

Seminiverbius.
Num. LI.

(1.) Erstlich bezüchtiget ihn S. F. daß er nichts von der Heiligen Schrifft verstehe/ weil man wenig in seiner Charteque darvon finde/ ausser zum Mißbrauch/ wie auch S. F. auß dem Anti-Lani, n. 157. 186. 198. erwisen/ welches P. H. mit stillschweigen übergangen/ vnd auff den Nachsatz nichts geantwortet: sondern Er läugnet nur die Folgerey deß Vorsatzes; welche er mit einer Instanz vmbzustossen sich bemühet. Denn gleich wie es mit folge: Sempronius gibt nicht überall Geld auß/ Ergo hat er keines; also folge es auch nicht/ in P. H. Charteque findet man wenig Schrifft: Ergo verstehet P. H. die Schrifft nit. Alleine wo bleiben die Worte deß S.F. (NB.) ausser zum Mißbrauch? Die dienen nicht in P. H. seinen Kram/ darumb hat er sie betrüglicher weise außgelassen / da doch in solchen Worten die Krafft deß Beweißthums steckt. Soll nun die von P. H. gegebene Instanz mit S.F. seiner Schlußrede übereinkommen/ so muß sie also lauten: Sempronius gibt wenig Geld auß / (NB.) ausser zum Mißbrauch: Darum verstehet er wenig von: Geld/ wie er solches brauchen/ vnd anlegen soll / vnnd ist ein vnnützer Verschwender / welches richtig folget. So verhalte sichs auch mit P. H. vnd seinem Gebrauch der

bleibt die Retorsion meines Gegeners in dem / 8. oder 80. Silberling geschätzten Arcadischen Wert.

Castigatio.
Num. LII.

Err Logice! damit ich nit nur die Folgerey laugne/ so seye ihm also: Erstlich/ laugne ich/ daß Hofmann ein ehrlicher Mann seye: als welcher ja gantz vnbidermännisch schreiben darff: P. Haidlberger habe in seiner Erörterung dise Wort (ausser zum Mißbrauch) vertuschet; da doch nit ein Buchstaben darvon vnderlassen worden. Der Augen hat/ der sehe p. 14. der auffrichtigen Erörterung! Zum andern/ vnnd vor ein Fundament deß übrigen Discurs/ Nego suppositum, daß ich die Schrifft (NB) nur zum Mißbrauch gebrauche. Liebe Herren! Was den Ketzern den Anß aufthut/ ist nicht zum Mißbrauch: Meine angezogne Stellen/ thun jhnen den Anß auff; Ergo seyn sie nit zum Mißbrauch. Der Leser wolle sich (Weitläufftigkeit zu ersparen) deß obigen Numeri 8. 9. 10. &c. hie bedienen. Zum dritten/ Nego sequelam: die ist theils gar kindisch / theils wider den ersten Satz Patris Haidlberger fälschlich vorgetragen; aber seye jhme also/ vnd gesetzt: Sempronius gibt kein Geld auß / ausser zum Mißbrauch: Transeat Ant. folgt es darumb: Ergo hat er kein Geldt?

der H. Schrifft. Darumb wird P. H. mit seiner eigenen Instantz zu schanden / welche vilmehr deß Sigismundi Freymuht Folgerey bekräfftiget. Als wann Nabal 1. Reg. 25. vnd der reiche Mann Luc. 16. nicht genug gehabt hätten: Weilen sie es anderst nit als zum Mißbrauch angewendet? So wird ja Gegner dem Sathan nit absprechen / daß er die Bibel besser verstehe/als eben Hofmann: vnd dannoch pflegt jener so wol das geschribne als vngeschribne Wort Gottes nit anderst zu gebrauchen / außer zum Mißbrauch. Gen. 3. v. 1. Job 1. v. 8. & 9. 1. Reg. 22. v. 22. Matth. 4. v. 6. Matth. 8. v. 31. Luc. 4. v. 41.

Schließlichen ist auch die beygesetzte Argumentation Hofmanni gar vngeschickt: Er sagt: Es folge richtig: Sempronius gibt wenig Geld auß/ (NB.) außer zum Mißbrauch: Ergo verstehet er wenig vom Geld / wie er solches brauchen/vnd anlegen soll/vnnd ist ein vnnützer Verschwender. P. Haidlberger sagt hingegen: Es folge nit richtig/vnd negirt Consequentiam trucken hinweg; wann sie adæquatè genommen wird: gestalten sie bimembris ist. Das erste membrum heißt: Wenig vom Geld verstehen/ wie es anzulegen. Das andere membrum heißt: Vnnutz verschwenders. Ob nun villeicht richtig folgte: Sempronius gibt wenig Geld auß/außer zum Mißbrauch/Ergo ist er ein Verschwender/ so folgt doch nicht: Ergo verstehet er wenig vom Geld/wie er solches brauchen soll. Dann Salomon hat vil Geld gehabt/welches er zum Mißbrauch in Götzen-Templen ꝛc. seiner Weiber verschwendet: Er hats aber gar wol verstanden/ wie er solches anlegen solte. Der Lucifer hat seine herrlichste vnd edliste Gaben in einem Augenblick zum Mißbrauch verschwendt; hat jedoch am allerbesten gewußt / wie er sie solte brauchen/vnd anlegen. Ist also Hofmännische Folg/eine so wol logicè als theologicè vngelehrte Folg.

Seminiverbius.
Num. LIII.

(2.) In der Antwort auff die andere Vernichtigung erzeiget sich P. H. theils als ein grober Ignorant, in darstellung difes vngeschickten Dilemmatis: will Freymuht diß nit leyden/ so beweise er mir/ daß ich Lutherum falsch citirt; oder Lutherus muß selbst leichtfertig seyn. Oder (datur tertium) P. H. muß Lutherum betrüglicher vnd lästerlicher weise außgelegt/
vnd

Castigatio.
Num. LIV.

Er Ignorant so wohl als Calumniant seye Hofmanno per justam Retorf. zurück in Busen gesteckt! besihe oben n. 31.) absonderlich darumb / weilen alle Wort dises Hofmänischen §. theils offenbarer Ignorantz/ theils vnleidenliche Calumnien seyn! Was böses vnnd vngeschickt Beginnen seyn ja jene eingeflickte zwey Wort;
Datur

vnnd seinen Verstand verträhet haben. Dann weder Lutherus/ noch einziger Lutherischer Theologus verachtet die guten Wercke schlechter dings ohne Vnderschid / wie die gelehrten Papisten selbst wissen vnd gestehen/ bezeuge deß Cardinals Bellarmini lib. 1. de Justific. c. 3. & 12. sondern nur in dem Articul der Rechtfertigung für Gott/in Betrachtung jhrer Vnvollkommenheit / Abweichung von der strengen Erforderung deß Gesätzes/ vnd der anklebenden Sünde; Welche Mängel aber durch den anwesenden Glauben bedeckt werden / daß vmb dessentwillen die vnvollkomne Werck der Gläubigen Gott wol gefallen; vnd disem nach gefällt auch GOTT das gläubige Gebett/vngesehen der vnvollkomenen Andacht/weil der Glaube / Christi Vorbitte sich zueignet/ vnd durch sein vnzweifelhafftes vnnd zuversichtliches Vertrawe auff Christum alles erlanget/was der gläubige Better bittet/ 1. Joh. c. v. 15. Da hingegen die Papisten als Zweiflende / die zu der Gnade Gottes keine gewisse Zuversicht haben/ nichts erlangen mit jhrem Gebett/ Jac. 1. 5. 6. 7. Hierauß erkennt man/wie Pater H. Lutherum anziehe / darumb bleibet Pater H. vor wie nachmals ein grober Ignorant vnd böser Calumniant.

Datur tertium? Was doch für ein Tertium? P. Haiblberger/spricht Hofmann / muß Lutherum betrüglicher / vnnd lästerlicher weiß außgelegt/ vnd seinē Verstand vertrexelt haben! Soll diß das Hofmännische tertium seyn? Wie wann aber etwas betrüglicher vnd lästerlicher weiß außlegen/ eben vnder dem falsch citiren begriffen wäre? Gelt aber alsdann non daretur tertium? Nun vernehme Hofmann die Beschreibung falsi! Falsi crimen est, quod animo corrumpendæ veritatis in alterius fraudem dolô malô fit. Arn. Corv. in ff. ad L. Cornel. de falsis. Namhafft werden criminē falsi angehalten/ qui in rationibus tabulis, Litteris publicis, aliave qua re, sive consignatione, falsum fecerunt, vel ut verum non appareat quid celaverunt, subripuerunt, deleverunt, subjecerunt &c. L. Paulus 16. ff. ad L. Corn. de falsis L. Paulus. Disem nach / wann P. Haiblberger Lutherum betrüglich/ vnd lästerlich außgelegt/ vnnd den Verstand vertrexelt/ so hat er schon falsch citirt/vnd also ist diß vnder jenem begriffen. Ergo non datur tertium.

Num. LV.

Aber gesetzt (nit zugegeben) daß ein tertium hierinnfahls zu finden wäre: wie beweiset Hofmann / daß P. Haiblberger den Verstand betrüglich vertrexelt / vnnd also selbiges tertium begangen habe? Gewißlich wer den klaren Worten nach/ohne alle Veränderung/ohne von vnd zuthuung außlegt/ der legt nit betrüglicher weiß auß; das hat P. Haiblberger gethan. Ergo &c.

Aber man bemercke doch Hofmanni Antwort! Dann weder Lutherus/ spricht er/ noch einniger Lutherischer Theologus verachtet die gute Werck/schlechter ding/ohne allen Vnderscheid/ ꝛc. sonder nur in dem Articul der Rechtfertigung vor Gott. Ist keck geredt! aber laß sehen/wie warhafft? Erstlich wann die gute Werck nur in der Rechtfertigung von Euch verachtet werden / warumb nembt jhr jhnen dann den Verdienst / auch nach der Rechtfertigung? Ist dann gerechtefertiget werden/ vnnd Glori verdienen ein ding? 2. Warumb sagt Lutherus Tom. 6. Jehn. f. m. 74. all vnsere gute Werck seyn nichts anders/ als eitel Läuß in einem alten/ vnreinen Beltz/ da nichts reines außzumachen/da weder Haut noch Haar gut ist? Heißt das nur in dem Articul der Rechtfertigung verachten? 3. Warumb sagt Luther Tom. 1. Jehn. f. m. 339. Laßt vns hüten von Sünden/vilmehr aber von Gesatzen/vnd guten Wercken? Heißt das nicht sie durchgehend verachten/ wann man jhnen auch die Sünd vorziehet? 4. Warumb sagt Melanchton in ep. ad Rom. c. 8. f. m. 1002. Omnia opera esse ex natura sua peccata mortalia sed condonari credentibus; Alle Werck seyen auß jhrer Natur Todt=Sünden; aber sie werden den Glaubigen nachgesehen? Heißt das nit durchgehend verachten? Ich begehre den Vnderschid zu wissen/zwischen einer Welt-bekandtlichen Todtsünd; Exempelweiß/ einem Todtschlag / Ehebruch ꝛc. vnd vnder einem guten Werck. Was hat doch vmb Gottes willen das so genandte gute Werck / Lutherischen principiis nach/bessers in sich/ als ein jede Todtsünd? In dem das gute Werck von Natur auch ein Todtsünd ist? Die Todtsünd nutze nichts/ laut Lutheri Außspruch de Captivit. Babyl. f. m. 18. Ita vides, quàm dives sit Christianus, sive baptizatus; qui etiam volens non potest perdere salutem suam, nisi nolit credere; nulla n. peccata possunt damnare, nisi sola incredulitas. Also sihest du: Wie reich ein Christ oder getauffter Mensch sey/welcher/ob er auch wolte/doch sein Heyl nit verscherzen kan/ er wolte dann nit glauben : Dann keine Sünden können jhne verdammen/als der einige Vnglauben. Eben dergleichen befindet sich auch bey Melancht. l. c. f. 211. Warauß erscheinet / daß die Sünden/wie gemeldet/ weder nutzen/noch schaden : Nun nutzen auch die gute Werck nichts ; laut obiger Stellen : Entzwischen aber schaden dise/dann sie verhindern die Rechtfertigung/sagt Luth. Tom. 1. Witt. Lat. f. m. 372. Fides nisi sit sola sine ullis operibus, nihil est, nec justificat. Ergo heißt diß durchgehend verachten. Ja Lutheraner müssen sie verachten/als lauter Gott mißfällige Todtsünden. Wariber/hertz-gutmeinend Lutherische Gemüter angefrischet werden : den Herren Predicanten einige Ruhe nit zu geben/ehe vnd bevor sie erklären/wie es zuverstehen/daß alle vnsere Werck Todtsünden seyn/vnd Gott/ als Todtsünden mißfallen?

Num.

Num. LVI.

Alsobald werden sie von Hofmann vernehmen: Mit nichtem mißfallen Gott die gute Werck: sonder vmb deß Glaubens willen/gefallen jhme die vnvollkommene Werck der Glaubigen. Welchem nach/sihe wol lieber Leser! die allhier vorgeschuͤtzte Vnvollkommenheiten seyn lauter Todt-Sünden/ vnd dise sollen Gott gefallen/wie Hofmann sagt: Ergo gefallen jhme die Todtsünden/welches eine helle Gottslästerung ist. Ja spricht Gegner/die Todtsünden gefallē Gott nit jhrenthalben/sonder wegen deß vngezweifelten Glaubens. Ich höre es gar wol. Aber auch der vngezweifelte Glauben/ist auß seiner Natur eine lautere Todtsünd; warauß ja nothwendig folget/ daß Gott dem HErrn eine Todtsünd gefalle durch die andern; so eine doppelte Gottslästerung ist! Laugnet villeicht Hofmann/daß der vnzweifelhaffte Glauben ein Todtsünd seye; so wöllen wir deß Vnderscheids halben eine Schrifft haben; Warumb die andere gute Werck Todtsünden seyn; nit aber der Glauben? Absonderlich weilen Jacobus(welchen Hofmannus vnden n. 89. selbst authoritativè anziehet) außtrucklich bezeuget / daß der Glaubē auch sterbē köne: Sicut Corpus sine Spiritu mortuum est, ita & fides sine operibus auß/mortua est. Jac. 2. v. 26. Welchem wann also; das ist: Wann der Glaub ohne die Werck todt ist; die Werck aber Todtsünden seyn/ so gibt das todte dem Todten das Leben: oder doch(dem Lutherischen Fundament was näher)so ist das todte eine Frucht/vnnd Zeichen deß Lebens? das ist trefflich Lutherisch! Ferner wann der Glaub ohne die Werck todt ist; so folgt vnvmbgänglich / daß die Herren Lutheraner (ihrer offentlichen Profession zuwider) niemal einen vnzweifelhafften Glauben besitzen. Dann sie haben hiervon niemalen einige vngezweifelte Frücht vnnd Zeichen; als welche lauter Todtsünden/vnnd von den vngezweifelten andern Todtsünden gar in nichtem vnderscheyden seyn. Wie nun die vngezweifelte Todtsünden sie billich verschrocken/vnd zweiflend machen/ob sie den rechten Glauben haben; also werden sie von den andern Wercken billich auch zweiflend; weil sie denen bekandtlich grawsamen Todtsünden keines weegs vngleich; Vnd also folgendlich seyn die Lutheraner ihrer Seligkeit mit nichten verwißt; wie das arme Völcklein schändlich vnd schmaichlerisch von seinen Lehrern hindergangen wird. Besihe hieynden num. 93. Jetzt zu dem übrigen disses §.

Num. LVII.

Weil Hofmann keck sagen darff/weder Luther / noch einziger anderer Luth. Theologus verachte die gute Werck schlechter ding/&c. so wird ich bemüssiget/das scheutzliche Gezänck Calixti von Helmstatt/vnd Hülsemanni von Leipsig/ beeder Lutherischen berühmten Theologen vnserer Zeiten/vnder Augen zulegen. Sehe doch wundershalben zween Hülsemannische Articul/ vmb derentwillen(neben andern mehr) Calixtus selbst/ bey Jhr Durchl. Georg Chur-Für-

Fürsten zu Sachsen/ ihne wehemütig verklagt. Der erst lautet also: Einem sündigen Menschen/der sich zu Gott bekehret/ ist zu Erlangung der Gnad/vnd Sünd nit nöthig/daß er einē Vorsatz habe seine Sünden zu bessern/ vnd von Sünden abzulassen. Der ander Articul: Einem bekehrten Menschen ist durchauß nicht/ vnnd auff keinerley weiß oder weeg zu seiner Seligkeit nöthig/daß er vom Bösen ablasse guts thue/ vnd sich befleisse/Gottes Gebott zu halten. Wann das nicht heisst/ gute Werck schlechter ding verachten/so gibts keine Verachtung mehr. Vid. Apoc. Calixt: getruckt zu Ingolstatt 1603. Bey welcher Bewandtnuß/Hofmanne! wie hausen wir mit diser bodenlosen Vnwarheit: Weder Lutherus noch einziger Lutherischer Theologus verachtet die guten Werck schlechter dingen. Ist Lutherus selbst/ist Melanchton/ist Hülsemann mit seinem Anhang kein einziger Lutherischer Theologus? Es wissen aber vnnd gestehen es (Hofmanni Außsag nach) die gelehrten Papisten selbst: namhaffte Bellarminus. Mit was Gewissen diß geredt werde/mag hierauß erhellen: Dann obwol Bellarm. l. c. von der Ketzer fide Sola justificante tractirt, berührt er doch mit keinem Wort die Frag/ ob vnd wievil die Lutheraner in dem übrigen die gute Werck schätzen? hingegen l. 9. de justific. c. 1. bringt er eine anzahl Lutherischer Sentenz herbey: welche alle lauter Verachtung der guten Werck außdeuten. Ja/ er sagt deutlich: ibid. Opera bona non sunt bona ex illorum sententia, nisi nomine, & secundùm quid, reipsa vel simpliciter sunt peccata mortalia. Das ist: Bey den Lutheranern/seyn alle gute Werck nur dem Namen nach gut; eigentlich seyn sie lauter Todtsünden. Gleich wie er auch außtrucklich l. 1. de justif. c. 12. hinzu setzt: Ex quo intelligimus: Lutheranos, qui se jactant, omnia tribuere soli fidei revera nihil omnino ei tribuere, sed eam planè contemnere, & nihili facere. Das ist: Auß welchem wir verstehen/ daß die Lutheraner (so sich rühmen/ dem Glauben alles zuzumessen) ihme in der sach selbst/gar nichts zumessen / sondern lediglich verachten/ vnnd nichts darauff halten. Noch sagt Bellarm. bey ibid. die Illyrici, oder Saxonici, das ist / Rigidi Lutherani wöllen den Sola-Glauben dergestalt behaupten; daß das Wörtlein Sola nit allein die Verdienst / sonder auch die Gegenwart anderer Tugenden außschliesse. Anbey frag ich dann Hofmannum. Seyn die Rigidi Lutherani nit ein eintziger Theologus? Wann sie aber gewißlich ewere Theologi seyn/ so verachten ja ewere Theologi die guten Werck auffs äusserst/ als deren (guten Werck) einige Praesentz so pestilentzisch / daß sie das gantze Werck der Justification vergifftet.

Was endlich Hofmann hie von dem Gebett beysublet/ist gar barmhertzig anzuhören. Der verständige Lutheraner merckt wol/daß es eine falsche erdichtete Außlegung sey/ wie sie Hofmann vergibt. Es betten ja die Lutheraner so vil.

vil/ in welchem sie nit erhört werden; folgendlich Hofmanni vorgeben nach/ müssen sie nit gläubige Better seyn; oder Johannes l. c. ist anderst außzule-
gen: Welchem dann gewißlich also. Warüber mag Hofmann die Schrifft-
Außleger Raths fragen. Enzwischen wann Predicanten-Gebett nicht lauter
Todsünden wären/ so dörffte ich jhnen rathen/ dapffer für einander vmb jhre
Besserung zu betten: sie möchtens erhalten.

Seminiverbius.
Num. LVIII.

(3.) Jn der dritten Verantwortung ist ebenfahls gar kahl bestellet. Dann ob gleich Chrysostomus sagt/ daß die Ketzer ärger sind/ als die Heiden/ so folget darauß noch nicht / daß dises ein redlicher Papist gesagt/ vnd solches auff das Lutherthum zu deuten seye. Dann das wird P. H. vnd keiner seines gleichen erweisen/daß Chrysostomus dem heutigen Papistischen Tridentinischen Glauben zugethan gewesen. (2.) Jst das Lutherthum vnd Ketzerthum nicht ein ding/ sondern vil mehr das Pabstum vnd Ketzerthum. (3.) Hat P. H. noch nicht erwisen / in quo tertio Comparationis, nach Chrysostomi Meynung/ das Ketzerthum ärger sey / als das Heydenthum.

Castigatio.
Num. LIX.

ES gilt es / die spöttige Juden-Buben welche 4. Reg. 2. den Kahl-Kopff erzürnet haben/ werden jhren Bären finden! Warumb soll wohl die dritte Verantwortung kahl seyn? Hofmanni Antwort hat zweyerley Abgliedung. Dann (spricht er) ob zwar Chrysostomus gesagt/die Ketzer seyen ärger/als die Heyden/ so folge noch nit/daß es ein redlicher Papist geredt habe. Vor eins. Vor das andere: Wann es ja ein redlicher Papist auch redete/ so folge noch nit / daß solch Wesen auff das Lutherthum zu deuten seye. Der geehrte Leser merckt leichtlich/ wo es auß will. Chrysostomus sagt im Anti-Lanio. die Ketzer seyen

schlimmer/als die Heyden. Freymuht laßt sein geschwind Chrysostomum an/ vnd zeihet disen Außspruch Patrem Haidlberger mit zuthun:diß hätte noch kein redlicher Papist gesprochen. Darauff antwortete P.Haidlberger in Widerlegung deß Freymuht: Wie es dann Chrysostomus gesprochen habe? Auff diß hin kombt Hofmann/ vnd setzt in zweifel / daß Chrysostomus ein redlicher Papist seye; so ja eine vnbeschreibliche Frechheit ist. Was ist Chrysostomus dann gewesen/als ein Papist? Villeicht ein Lutheraner? Der Petrum (natürlich wie die Lutheraner) einen Hirten vnd Haupt der Kirchen/vnnd der gantzen Welt erkennet hat? Tom. 2. in cap. 16. Matth. f. m. 403. Cuius Pastor, & caput Piscator Homo &c. hunc universo orbi præposuit. Der
auch

auch die Nachkömblling deß H. Petri (auff vnd nider / wie die Lutheraner) für das Haupt vnd Regenten der Kirchen verehret? Namhafft Innocentium/ep. 1. & 2. ad Innoc. den er auch als einen Vatter erkennt/wiewol Chrysostomus jhne am Alter übertraff/ vnd in der Kayserl. Hauptstatt Bischof ware. Der endlich anders zugeschweigen/ für seine Feind bey Innocentio bittet/ daß er sie nit in Geistlichen Bann erkläre/ wiewol sie es verdienet. Diß ist mehr dann genug/ Chrysostomum einen redlichen Papisten zubeweisen/ im übrigen aber vnvonnöthen/ das gantze Tridentinische Concilium zu paragoniren. Vil mehr zeige vns Hofmann/wie jhme dann obliget / was Chrysostomus wider das Tridentinische Concilium geglaubt habe? Wann dann der heilige Lehrer gesagt: Hæreticos gentibus esse peiores, so folgt / daß es ein redlicher Papist gesagt habe. Will Hofmann mehr dergleichen haben/ so besehe er den Englischen Thomam 2. 2. q. 10. a. 6. ad fin. welcher außtrucklich (vnnd mit jhme alle Thomisten) lehret: Hæreticos simpliciter esse gentibus peiores. Die Ketzer seyen ohne Außnahme schlimmer als die Heyden. Von dem kan er auch weitläuffig lernen: in quo tertio comparationis, die Ketzer schlimmer seyen? Welches Augustinus in einem Begriff vorträgt. l. 2. Ciu. c. 25. Cùm peior utique sit desertor fidei, & ex desertore Oppugnator eius effectus, quàm ille qui non deseruit, quam nunquam habuit. Es ist freylich schlimmer ein Abtrinniger/ vnd Widerfechter deß Glaubens / als der niemahl verlassen/was er niemalen gehabt. Hofmann woll doch nit mehr pralen/sonsten die Lutheraner sagen: Er seye in Luthero vnerfahren. Welcher selbst dise weiß zu vrtheilen in der Feder geführt/ Tom. 2. de servo arbit. f. m. 451. a. §. 19. Si ignoraverimus naturam libertatis, erimus omnibus gentibus peiores. Qui hoc non sentit, fateatur se non esse Christianum. So wir die Natur der Freyheit nit wissen/seyn wir ärger als die Heyden. So höre ich wol: Es kan sich zutragen/ daß Christen ärger seyn als Heyden? Ja freylich sagt Luther/ abermal Tom. 5. leh.f. 182. Dem Kayser gehorsamen/zu kriegen wider die Lutheraner/ da kan kein Türck so böß seyn / als du; sonder du must zehenmahl tieffer verdambt werden/ dann alle Türcken / Tartaren/ Heyden/ vnd Juden. Man überlese auch Bellarm. in Apol. 9. Reg. Iac. f. m. 825. ad fin. litt. D. &c.

Num. LX.

Jetz schreyte ich zu der andern Abglidung der obigen Hofmännischen Antwort/vnd sage: Daß das Lutherthum/vnd Ketzerthumb (convertibiliter) nit ein ding seye/ ist wahr. Dann nit alle Ketzer seyn Lutheraner/ alle (formal) Lutheraner aber seyn Ketzer; so P. Haidlberger mit geringerer Mühe darthun wird/ als Hofmann/ welcher das Pabstum vnnd Ketzerthum vor ein ding haben will. Welches so fern es ein ding wäre / müßte das Pabstumb
hiemit

hiemit auch das Manichæerthum/das Widertäufferthum/ das Calvinithum
seyn/ꝛc. Gestalten dise alle von Lutheranern selbst vor ein Ketzerthum gehalten
werden. Leichter beweiset hingegen P. Haidlberger auß obigem 41. vnnd 43.
num. daß die Lutheraner Ketzer seyn; als welche vor dergleichen/ namhafft zu
Worms / vnd zu Augspurg in dem Reichs-Receß solemniter verdambt worden: welchem Urtheil vnderschriben haben fünff Chur-Fürsten. 30. Geistliche
Fürsten. 23. Weltliche Fürsten. 22. Abbaten. 52. Reichs-Grafen/vnd Freyen.
39. Frey-vnd Reichs-Städten.   Hiemit hat Hofmann / warumb ich das Lutherthum vnverholen ein Ketzerthum nenne; dieweilen es (vil anders zugeschweigen)in Reichs-Abschiden vor dergleichen verdambt; biß dato aber nie
justificirt worden.

Seminiverbius.
Num. LXI.

(4.) IN der vierdten Verantwortung seiner Vorsichtigkeit/er-
zeigt er sich vnvorsichtig vnd plump.
Er spricht: er will die Lutheraner
nicht lehren./ sondern ihnen nur zeigen.
Ist eben so vil/ als wann einer sagte:
P. H. hat mit den Venedischen Metzen nichts böses vorgenommen / sondern ist nur mit ihnen heimblich bekandt gewesen. Plump ist er/ wann
er deß vornehmen Historici Thuani
Authoritåt in Zweifel ziehet / wegen
eines geringeren JCti widrige Censur.

Castigatio.
Num. LXII.

MAn kan sich ja dises Gegners
Untrew nit genug vercreutzi-
gen! Er laßt hie etliche meine
Wort auß/welche einen gantz andern sensum machen. Freymuht
rupffte mir vor / ich wolle die Lutheraner vom Fegfewr lehren.
Ich stunde diß in Abred/vnd sagte:
Nie wöll ich sie l. c. lehren/
sonder zeigte blößlich der Welt/
warumb die Lutheraner das
Fegfewr verwerffen. Warvon
mir Hofmann die letztere Wort

Untrew hinweg stutzt. Wahr ist es: lehren vnd zeigen/ kan einerley ding be-
deuten/wann es über einerley objectum fållt: Wann aber der Author außtrucklich einem Wörtlein ein vnderschidlich objectum bedinget/ vnnd Gegner
solches verquantet/sꝛ ist er ein Falsarius, wie hie Hofmann. Dann ich lehrete nie
was mich Freymuht inzüchtigte; sonder ich zeigte was anders; nemblich/ der
Lutheraner Haigglichkeit. Die Gleichnuß von der Venedischen Metzen/
gleich wie sie auff lauter schon oppugnirter Verfälschung sich stewret/also falle
sie/ wann jene gefällt wird. Sie ist auch sehr kindisch vnnd Schulerbubisch:
weilen es ja krafft der Wort nit ein ding ist: Mit Metzen heimblich bekandt seyn / vnd mit ihnen was Böß fürnehmen. Sonst hätt der heilige
Augspurgische Apostel Narcissus mit Afra etwas Böses vorgenommen / weil

er heimblich mit ihr geraume Zeit bekandt gewesen. Und was noch mehr ist: Christus Joh. 4 mit der Samaritanischen Metzen.

Num. LXIII.

Anjetzo kan Hofmann die Ohren spitzen! Er heißt mich plump / wann ich deß vornehmen Historici Thuani Authorität in Zweifel ziehe/wegen eines geringern Jure Consulti, widriger Censur! Ach liebste Lutherische übel hindergangene Seelen! Was müssen wir dann schliessen von ewer Kirchen? wañ sie die höchste Authorität der gantzen universal-Kirchen/ in Zweifel gezogen/ wegen widriger Censur/ eines geringen Mönchs Lutheri? Wann noch heutiges Tags ein jeder auff euch den gantzen Consens der H.H. Vätter vnnd Lehrer in Zweifel ziehet/vnd verachtet wegen widrigen Censur eines betrüglichen Privat-Geists? Ist wol zu hören. Vor eins.

Vors andere / daß Thuanus ein partheyischer (ut modestissimè dicam) Historicus seye/ beweiset Joh. Bapt. Gallus JCtus, mit eignen Thuani Worten: Gilt nun Thuanus so vil bey Hofmanno/ so lasse er sein Gallum passiren wegen deß Thuani. Wann also Gallus auß Thuano wird wahr reden/so wird Thuanus auß Thuano ein abgewürdigter Historicus seyn.

Vors dritte steckt sich Hofmann je länger je tieffer in Schand vnnd Schimpff: Namhafft mit seinem darfür halten / als were Thuanus nur von Baptista Gallo JCto abgewürdigt: da doch dises publicâ Authoritate Ecclesiæ geschehen; von deren er in Indice II. prohib. eingetragen. Ist also mehrmahl nit wahr/daß P. Haidlberger wegen eines geringen JConf. deß Thuani quasi-Ansehen in Zweifel ziehet. Warumb möcht aber wol Thuani Authorität so groß bey Hofmanno/ hingegen Gallus ihme nur ein geringerer JCtus seyn? Antwort: Weil Thuanus wider die Päbst vnd Jesuiter eyferig ist; Gallus aber beede beschützt. Soll das einem Predicanten zu theils Anrühmung/ theils Tadlung nit genug Underscheid seyn?

Seminiverbius.

Num. LXIV.

(5.) In der 5. Verantwortung p. 15. will P. H. seine Höhnerey entschuldigen / weil er ja den von M. Lani/dem Graf Oxenstirn erwisenen Respect billiche. Aber P. H. muß sich nolens volens auff das Maul schlagen. Dann wie kan P.H. den Lani billichen vnd recommendiren in denjenigen Schmäch-Glossen/welche P. H. deß

Castigatio.

Num. LXV.

Biß Hofmann zeigt/ daß dem Ihr Excell. Herrn Graf Oxenstirn ertheilten Titl vnd erwisenen Respect einig feindselig Wort oder Schmäch-Glossen/ oder Syllaben / oder Buchstaben entgegen gesetzt worden / wie er wider den klaren Buchstaben böslich dichtet/bleibt er volens nolens im

H. deß Lani Schrifft feindselig entgegen setzet: wie kan eine dem erwiesenen Respect entgegen gesetzte Schrifft eine Billichung derselben seyn? Hier bleibt P. H. abermal im Schimpff/ vnd Lugen stecken. Was von der Labsanskischen Probe deß Gerichtlichen Vngarischen Processes zuhalten/ mit der P. H. sich so vil weiß/so wohl pag. 15. als 16. aller Welt bekandt gemacht/ist durch Marcum Antonium Reisern/damaligen Hoch-Gräflichen Hohen-Lohischen Stiffts-Predigeren zu Oehringen/in dessen/wider den Labsansky wol außgeführten öffentlicher Schrifft: Exulanten-Gedanckē benennet/der Labsansky der gantzen Welt als Lugner dargestellet worden; daran sich weder P. H. noch jemands anderer gemachet hat. Noch vil weniger wird demnach von der Haidlbergischē improba proba jemand etwas halten.

im Schimpff/vnd Lugen stecken! Anti-Lanius n. 75. mag eines theils die Höflichkeit deß Lani gegen Herrn Graf Oxenstirn wohl leyden; anders theils aber stutzt er/daß Lani vmb deß Ertzbischofen/ vnd anderer hoch-ansehenlichen Personen Titul so wenig sorgfältig gewesen. Diß ist sein gantz anbringen/ kein anders.

Num. LXVI.

IM übrigen ist Labsanskische Prob von M. Antonio Reiser/ in den Exulanten-Gedancken/so wenig zum Lugner gestelt worden/ so wenig Hofmann ein warhaffter Mann ist; weilen er so wohl als etwelche andere in diser Materi einige bessere Manier sich für warhaffte Relatores zu legitimiren/nit gebraucht; als eben die Venedische Menen/sich für Jung-

Frawen ohne Prob zu probiren.
Anti-Lanio n. 21. & 22.

Ihr Herren! es bleibt immerdar bey dem

Seminiverbius.
Num. LXVI. §. XI.

IN dem 6. §. kombt P. Haidlberger mit den alten längst abgewisenen Alfantzereyen auffgezogen/daß/ wer den Pabst einen Antichrist nenne/sey ein Lästerer der Kays. Majest. das ist eine von dem sinnreichen/vnd in aller Welt/ auch zu Venedig/ villeicht bekandten Thum-Prediger/ Jhre Ehrw. Herrn P. H. erfundene Consequenz, warmit die Lutherischē alle in ein Maußloch gesagt/wie P. H. mag geträumet haben. O deß armseligen

Castigatio.
Num. LXVII.

OB es vnvmbgänglich folge/ daß Leopoldus I. ein Antichristischer Kayser seye? fahls der Pabst der Antichrist ist; dise nachdencklichste sach nennet Hofmann eine Alfantzerey; das ist: Kinderwerck/ vnd Taulerey? Was saget der Leser hierzu? Gewißlich dise leuth balgen Matth. 23. einen Floh auß/vnnd schlicken einen Camel! Es bleibt aber bey dem 43. num. deß Anti-Lanii, auff

ligen vnd albernen Mönchen/ der wie eine blinde Henne sich gedunckt ein Körnlein zu finden/ vnd ist (S.R.) ein Dreckleiu/ welches in denen von Frey= muht p. 10. angezogenen Schrifften seines gleichen Sociis also wider in den Halß getriben worden/ daß sie biß da= to nichts darwider reden können. Vnnd also hoffe ich / selbige werden auch noch krafftig genug seyn / P. Haidlberger das Maul zu stopffen/ wann er sie wird gelesen haben. Eher soll er darvon nicht reden/ vnd hiemit hat er seine Anweisung.

welchen mir endlich/ als auff einen Haupt=Puncten zu antworten/ die Herren Pastores ins gesambt/ (wo nit wegen der Warheit / we= nigst vmb ihre Ehr vnd respect zu maintenirent). ernstlich ersucht seyn.

Entzwischen/ was ist diß / daß Hofmannns meine illacion eine alte / längst abgewisene Al= fanzerey (oder auff Freymuh= tisch/ eine alte Salpeterey) nen= net? (NB.) vnnd gleich darauff sagt: Es seye eine von mir selbsten erfundene consequenz? Wie kan sie alt/ vnd new mit einander seyn? Längst abgewisen/ vnd erst erdacht? Die übrigen vn=Hofmannische Wort dises §. (deren sich ehrliche Leuth schämen) rühren auß Gifft vnd Zorn daher; weilen dise Herren wol sehen/ sie solten gegenwärtigen Haupt=Puncten beantworten/ solches aber/ lieber Gott/ nit vermögen.

Seminiverbius.
Num. LXVIII.   §. XII.

BElangend die p. 16. biß 21. ge= führte defension der Jesuitischen Practiquen, weil selbige so vnbillich ist vnd erzwungen/ daß alle Welt ein bes= sers weist/ so wol auß denen von Frey= muht angezogenen Historicis/ als de= nen gantzen Büchern / so von den Je= suitischen Meisterstucken geschriben/ ist vnvonnöthen solches zu widerle= gen/ vnd wäre eben so vil/ als wolte ei= ner der Sonnen ein Liecht anzünden. Vnnd warumb will P. Haidlberger solche ihre Thaten lange entschuldi= gen? Ihre eigene offentliche Schriff= ten/ welche Sigisin. Freymuht ange= zogen/ mehrer zugeschweigen / spreche nicht

Castigatio.
Num. LXIX.

SEyn es nit abermal sehr nach= dencklich Haupt=Materien: Ob auff Jesuitisch anstifften (wie Freymuht schreibt) ein Mönch in Franckreich den König Henricum III. erstochen habe? Ob den Mör= der Henrici IV. Königs in Franck= reich/ Pater Albinius ein Jesuit zu solch schändlicher That den Thä= ter vnderrichtet habe? Ob die Je= suiten Garnettus/ Oltecornus ⁊c. den König in Engelund (in pul= veraria conspiratione Adv. Jac. Brit. Regem) haben wollen in die Lufft sprengen? Seyn dise/ sprich ich/ nicht nachdenckliche Haupt= Pun=

nicht alleine alle Geiſtliche Perſonen/ welche wider Majeſtätten rebelliren/ von dem Laſter der beleydigten Majeſtät loß/ weil ſie der Majeſtät nicht vnderthan wären/ ſondern (NB.) geben ihnen auch Macht vnd Recht/ alle Ketzeriſche vnd auß gewiſſen Vrſachen verdächtige Könige vmbzubringen. Das ſeyn die ſchönen Früchte der Lojolitiſchen Societät! Trotz allen Papiſten / daß ſie dergleichen im geringſten denen Lutheriſchen Theologis auß ihren Schrifften/oder Lehre können erweiſen. Vnd diſes alles hat P. Haidlberger abermal auß dem Tacito beantwortet. Es ſeynd der ſauren/ſagte der Fuchs/ich mag ſie nit.

Puncten? Wolan lieber Leſer! diſe loſe Inzichten hat P. Haidlberger in der auffrichtigen Erörterung wider Sigiſmundum Freymuht von Stuck zu Stuck (à pag. 17. uſque ad 21.) gründlich abgelainet) mit der vnverwerfflichen Zeugnuß Henrici IV. ſelbſten / mit Gramondi gäntzlich widriger Hiſtoria / als ſie Freymuht newlich citirte; mit Bateſii (ſo die Patres in eine ſuſpicion gebracht) berewliche ſo wol mündlich/ als ſchrifftlichen Widerruff/vor ſeinem Lebens-Ende/ ꝛc. Auff diſes gantze Defenſions-Werck / verſetzt hie Sigiſmundi-Waffen-Träger Hoſ-

mannus nichts anders/ als: ſolch Defenſion ſeye nur erzwungen / ſie widerlegen wollen/ſeye eben ſo vil/als der Sonnen ein Liecht anzünden wollen! Nemblichen hie ſeynd der ſauren/die der Fuchs nicht mag! Es verlange aber ferner Hofmannum zu wiſſen: Warumb hat P. Haidlberger der Jeſuiter Thaten lang entſchuldigen wolle? Antwort: Darumb/ weil ihr alleſambt/ ſo vil den Patribus diſe Inzicht anſchmitzet/biß dato in Schand vnd Lugen beſtecket. Ihr habt noch keinen beygebracht/dem nit offenbar die Händ im Sack erdarpet worden: Vnd deſſen zwar ſchämbt ihr euch gar nit mehr! als treffend Garnettum ꝛc. vnd die Conſpirationem pulverariam,leſe man Apologiam Robert. Bell, pro ſua defenſ.ad Jacob. Brit. Regem. cap.13.§. pergit Rex §. deinde qui. Item cap. 15. Veriſſimè §. Apologiæ §. Diſputationes §. Vidi. §. conſtat. §. monitoriam &c. Sonſten bawet ihr ſtarck auff Ludovici Montaltii literas provinciales: Aber ihr vmbgehet gar klug/daß ſelbiger ſambt zween ſo genanten: Jrenæo vnd Wendrochio (welcher letztere notas in Montaltii literas provinciales gemacht hat) von der Sorbona Anno 1660. vor einen Janſeniſten declarirt. Das Montaltii litt. provinc. zu Aix in Provence (Æquis Sextiis) Anno 1657. den 9. Hornung durch deß Scharpffrichters Hand offentlich zerriſſen/ vnd verbrandt. Daß eben diſes Urtheil auch auß Königlichem Befelch offentlich wider ſelbiges Buch exequirt worden zu Pariß / Anno 1660. den 14. Octobris. Ich geſchweige/ das Alex. VII. Anno 1657. den 6. Septembris ſelbiges / als Gottloß verdambt hat.

Num. LXX.

Nichts aber/gehet Hofmann gar schön gradatim. Zuvor falsirte er / was die Jesuiten böses gestifft sollen haben; an nun aber was sie böses lehren. Was da? Sie exempiren nit allein die Geistliche/so wider Majestäten rebelliren à Crimine læsæ; sonder (NB.) geben jhnen Macht / alle Ketzerische vnd auß gewissen Vrsachen verdächtige König vmbzubringen? Die Klag ist zweyfach/wie vnder Augen ligt. Den ersten Theil betreffend/stellt sich Hofmannus/als wäre es der Jesuiten (so er verhaßt zu machen suchet) besonders Laster; da es doch weder ein Laster/noch den Jesuiten besondere Lehr ist. Es ist bey den Rechts-Gelehrten eine Frag: Wer eigentlich ein Majestät Beleidigung begehe? Die gemeine Antwort ist: Reus læsæ seye niemand/ als der jenigen Majestät Vnderthan/welche angegriffen ist worden: gestalten das Laster læsæ auff den Rucken tragt/daß der Thäter seinen Herrn (qui Superiorem non agnoscat) beleydiget haben muß. Quòd in eos Majestas locum habeat. Hat Hofmann jemalen gehört/daß ein König oder Fürst wegen etwelcher Kriegs-Empörung wider den andern/ dem er nit vnderthan ist / Reus læsæ seye genennt worden? Weitläuffigere Antwort ist gegenwärtige Materi nit benöthiget. Die andere Abtheilung aber obigen falschen Inzich:/ forderet was mehrers.

Num. LXXI.

Die Jesuiter/spricht Gegner/ geben Recht/vnnd Macht/alle Ketzerische/vnd auß gewissen Vrsachen verdächtige König vmbzubringen. Antwort. Die Jesuiter schämen sich Hofmanni Schamlosigkeit! Das vor disem etliche Patres Societatis von der Materi deß Tyrannicidii (NB. nit aber Regicidii tractirt, wird nit in Abred gestanden. Namhafft. Bell. tom. 1. l. 5. c. 7. de Summo Pont. Ann. 1601. Sà. in Aphor. V. Tyrann. Ann. 1612. Valentia tom. 3. disp. V. q. 8. p. 3. A. 1595. Azor Inst. mor. p. 2. l. 11. c. 5. An. 1608. Diß nun wird nit vernaint. Aber / warumb ziehet Hofmannus die Invidiam auff die Jesuiten allein/ sagend: Diß seyn die schönen Frücht der Loyolitischen Societät? Warumb der Societät? Haben nit vor jhnen eben von diser Controvers auch andere in nit geringer Anzahl geschrieben? vornemblich der Englische Thom. 2. 2. q. 42. a. 1. & alibi. Sylvester. Guilielmus Rossettus. Jodocus Lorychius! Vor eins.

Es gehet aber vors andere/ Hofmann so wol mit Jesuiten / als andern Scribenten gar trewloß vmb. Allermassen nie einer auß den citirten Authoribus so roh vnd trucken ohn allen Vnderscheid/ wie Geaner inzichter / jemahlen geschriben hat. Auch Mariana nit; welchen Sigmundus Freymuht/ namhafft (aber betruglich) angezogen; dessen gantze Lehr/ vnd wie sie von Calvinischer Hand schändlich verfälscht/ auch gar nit wegen jhres hieher behörigen Inhalts zu Pariß übel tractiret seye worden; hätte Freymuht vnd Hofmann gründlich

lich bey Jacobo Rellero S. I. in Tyrannicid. abſonderlich q. 3. & ſeqq. erkundigen könde/vnd alſo Calviniſchen Betrugs ſich eben nicht theilhafftig machen
dörffen. Wie deme: Catholiſche Doctores bedingen ins gemein: Daß ſie nicht
reden von rechtmäſſigen/ſonder eingetrungen Regenten. Daß rechtbefug-
te König von keinem privat-Menſchen immer mögen angegriffen werden. Daß
ſie (qui poſt Conſtantienſe vixerunt) deß Conſtantienſiſchen Concilij Decretū
Seſſ. 15. wider diſen Gottloſen Articul (quilibet Tyrannus licitè poteſt à quo-
cunque ſubdito interfici) ſchuldigſt obſervirten/ꝛc. Beſihe Bellarm. Apol. ad
Libr. Iacob. Brit. Reg. Wer ſihet dann hie den Schalck Hoſmanni nit? abſonderlich wider die Societät JEſu? welche ſo behutſamb in diſer Materi iſt/ daß
Anno 1614 all den jhrigen ſo gar vnder Excommunication ein Decret auff
das allerſchärpffſte abgefaßt/ folgenden Jnnhalts: Præcipitur in virtute S.O-
bedientiæ,ſub pœna excommunicationis,& Inhabilitatis ad quævis officia, ſu-
ſpenſionis à divinis, & aliis præpoſiti Generalis arbitrio reſervatis; ne quis
noſtræ Societatis publicè & privatim prælegendo ſeu conſulendo, multò etiam
minùs libros conſcribendo affirmare præſumat: licitum eſſe cuique perſonæ,
quocunq; prætextu Tyrannidis, Reges, aut Principes occidere,ſeu mortem eis
machinari. P. Claudius epiſt. Ann. 1614. 1. Auguſti. Heiſſt das jedem Men-
ſchen Macht vnd Recht ertheilen/König vmbzubringen?

Num. LXXII.

ES fordert aber Hofmannus alle Catholiſchen auß! Trotz allen Papi-
ſten/ſpricht er / daß ſie dergleichen im geringſten denen Lutheriſchen Theologis auß jhren Schrifften oder Lehr könden erweiſen?
Antwort: P. Haidlberger hat euch im Anti-Lanio überwiſen/daß die Lutheriſche Predicanten wegen exercirter / im Werck ſelbſt geübter Rebellion / vnnd
Criminis læſæ ſeyen rechtmäſſig verurtheilt werden; darbey bleibts / von euch
vnwiderlegt. Was brauchts dann vil pochens auff die Schrifften / ſo die That
redet? Weil ſich aber ja Hofmann mit ſeinem Trotz ſo weit an Tagen herfür
legt; ſo laß ſehen/ob es jhne etwann bald/von einem alt Tacito, ſonder Veri-
dicô gerewen möge! Jch frag/Hofmanne! Jſt Lutherus nit ewer Lehrer? wol-
an/ſo beſihe hieoben n. 22. allwo diſer Theologus ex tom. 1. Iohn. fol. m. 60.
alſo ſchreibt: Warumb greiffen wir nit vil mehr an die ſchädliche Lehrer deß Verderbens? als Pabſt/Cardinäl/Biſchöff/vnd das gantze Ge-
ſchwärm der Römiſchen Sodoma/ꝛc. vnd waſchen vnſere händ in jhrem Blut? Diſes vnmenſchliche Beginnen ſihet vil weiter auß/ als erſten an-
ſehens. Es trifft den Römiſchen Kayſer ſelbſt/König in Hiſpanien/in Franck-
reich/ in Pohlen/in Ungarn/ in Böheim/Catholiſche Chur-Fürſten/ vnd Für-
ſten/ in Teutſchland/in Welſchland/ꝛc. Wie ſo.? Dann verflucht ſeyn ALLE/
die mit jhr Gemeinſchafft haben/ſpricht Luther. Excipit autem nihil qui

omne dicit. Bart. l. supra n. 22. cit. Gelt das heißt Macht einraumen/verdächtige König auffzureiben?

Aber weiter! Der Römische Kayser Carolus V. bezeugt/ daß die Lutherische Theologia dergleichen Rebellionen profitire: Luther schreibt beyläuffig gar nichts anders/spricht Carolus im Wormsischen Decret wider Lutherum Anno 1521. das nit zu Auffruhr/Zertrennung/Krieg/ Todtschlag/Rauberey/Brand/vnd zu gantzem Abfall deß Christlichen Glaubens raichet vnd dienet.

Ferners. Wo der Kayser würde auffbieten/ spricht Luther/ vnd wider vnser Theil/vmb deß Pabsts sachen / oder vnser Lehr willen/ kriegen wolt 2c. daß in sölchem fahl kein Mensch sich darzu gebrauchen lasse/noch dem Kayser gehorsamb seye/ vnd wer ihm gehorsamet/ daß er wisse/ wie er Gott vngehorsamb/vnd sein Leib vnd Seel ewiglich verkriegen wird. Tom. 5. Iehn. à f. 280.

Uber das spricht Luther Tom. 5. Iehn. à f. 291. a. Darumb sollen wir Christen diß (Kayserliche) Edict allesambt mit gantzem Hertzen verdammen/ als ein Teufels-Lästerung/ vnd sprechen: Verflucht sey beede/ Edict/vnd sein Dichter darzu! Amen! Item. Der Kayser ist nicht das Haupt der Christenheit/noch Beschirmer deß Evangelij/ oder deß Glaubens. Die Kirch/ vnd der Glaub müssen einen andern Schutz-Herrn haben/dann der Kayser vnd König seyn. Sie seynd gemeiniglich die ärgsten Feind der Christenheit/vnd deß Glaubens. Luth. tom. 4. Iehn. f. 239. Das heißt ja den Kayser absetzen/ verfolgen/ vertilgen? Was sagt aber Hofmannus von der Baurn-Rebellion wider die Obrigkeiten/ theils von Fistulatore, vnnd Munzero,theils von Carolostadio Lutherischen Brütlingen auffgewigelt? darinn so vil tausend Menschen erschlagen worden? Besihe Cochlæum de act. Luth. über das 1525. Jahr. f. m. 97. & f. 101. Höre auch die Wort Bellarm. in Apol. pro defens. in Responsione ad Iacob. Brit. Regem. c. 13. Quis Lutheri temporibus Author fuit tot millibus Rusticorum, ut adversùs principes arma sumerent? Nonne Ministri, Reformatæ vel deformatæ potiùs à Luthero Religionis? Catholicos certè fuisse seditionis illius Authores, ne adversarii quidem scribere ausi sunt. Das ist: Wer war Anfänger/daß so vil tausend Baurn wider die Fürsten die Waffen ergriffen? Warens nit die Lutherische Predicanten? 2c. gewißlich auch die Papisten Feind/haben doch das böse Stuck auff die Catholische nit dörffen hinüber thürnen. Hie bedörffte Hofmann wohl einige Hennen/ besser als oben n. 66. den Gestanck zuzuscharren / welchen er über vns Catholische zu machen gedacht; In der Sach selbsten über die Lutherische warhafftig gemacht hat; nit ohne Verdruß seines ruhmsichtigen/in dem Koth steckenbleibenden Trotzes.

Semi-

Seminiverbius.
Num. LXXIII. §. XIII.

P. Haidlberger nimmet dem Freymuht p. 22. übel auff/ daß er einen Vnderscheyd macht vnder der gantzen Römischen Kirchen/ vnd dem Pabst/ als einen theil derselben/ sagende: Wann Lutherus der Römischen Kirchen geschworen/ vnnd nicht dem Pabste/ so folge herauß/ daß er einer Kirchen geschworen/ die ohne Haupt war. Erstlich ist das wider ein Haidlbergische/ das ist vngeschickte vnd vnwarhaffte Folgerey. Gleich als wann einer also schliessen wolte: Der gantze Mensch/ nicht der Kopff gehet spatziren! Darumb gehet der Mensch ohne Kopff spatziren. Das laßt sich hören! Zum andern supponirt P. H. daß der Pabst das Haupt der Römischen Kirchen sey. Welches er zwar glaubet/ die Lutheraner aber keines weegs gestehen/ weil weder er/ noch seines gleichen/ solches erwisen; sondern daß Gegentheil in Hunnii Pelle Ovina biß dato vnwiderleget stehet. P. H. eigene Glaubens-Genossen in Franckreich vnd Venedig werden jhm solches keines weegs zugeben; sondern darwider streitten; wie weitläuffig auß deß Goldasti dreyen Theilen de Monarchia S. R. Imperii, vnd einem Röm. Catholischen Anonymo, de An. 1626. erst in Holland außgegangenen/ vnnd Doctor Gersonis Meinung/ daß das Concilium über den Pabst/ vnnd die Röm. Kirche ein particular-Kirch seye defendirt/ bekandt ist. Desgleichen seynd auch die andern Argumenta, wider

Castigatio.
Num. LXXIV.

AUß dann alles boßhafftig verfälscht seyn/ was auß Hofmanni Feder fallt? In welcher Freymuhtischer Schrifft finden sich dise Wort: Luther habe der gantzen Röm. Kirchen geschworen? Ist nit das Wort/ gantzen vnbidermännisch von Hofmanno eingerucht? damit er seiner Vntrew besser hängen möchte. Wie dann in allweeg/ fahls Luther der gantzen Röm. Kirchen geschworen hätte/ alsdann Patris Haidlberger Folgerey nichtes nutz wäre: (Gestalten ja die gantze Kirchen/ auch das Haupt in sich schliesset.) Wann aber das Wort gantz/ nit allein in Freymuhtischer Schrifft nit vorhanden/ sondern der Pabst von jhme Freymuht signanter außgeschlossen worden/ mit disen Worten: Beym Doctorat hat zwar Lutherus geschworen der Röm. Kirchen (nit dem Römischen Pabste.) Wann/ sprich ich/ deme also: so folgt ja vnlaugbahr: Welcher eines theils der Römischen Kirchen schwört; andern theils aber jhr (recht erkantes) Haupt außschliesset; derselbige schwöre einer Kirchen ohne Haupt. Uber welche Folg gewißlich niemand leichtsinnig spötteln kan/ als ein Mann ohne Kopff; Deme es zu hoch ist sensum denominativum vnd causalem, Item/ die propositiones der Lutheri Vocation so alber/ vngereimbt/ vnd auß falschen propositionibus zusamen gefliecket/ daß ich solche nit würdig achte/ Zeit vnnd Papier damit zu verlieren. Wann der albere Georg solche Schluß-Reden hätte in syllogistischer Form zuvor her bedacht/ er wurde selbst nicht so ein vnverständiger Socius gewesen seyn/ daß er das mit ins offentliche Liecht wäre auff gezogen kommen. In der Antwort auff die >. Vnwarheit p. 23. reitet er wider mit grober Vnwarheit herein/ vnd nent dises daß das Wörtlein/ Solum oder Sola, (allein/nur) in der Syrischen/ Italiänischen/ vnd in der Alten Teutschen Bibel (vor Luthero) gefunden werde/ lauter Fälschungen der Juden/ Ketzer/ vnd Novanten. So müßten alle die Teutsche Biblen/ welche vor Lutheri Bibel/ zu Augspurg 1477. 1507. 1518. Würzb. 1483. Straßburg 1505. zu Nürnberg 1482. herauß gegangen/ vnd alle das Wörtlein nur oder alleine / zum Röm. III. ODER Gal. II. führen/ ketzerische/ verfälschte Biblen seyn. Vnd ob gleich Luther denen Papisten/ ihnen zum Trotze/ keine andere Vrsachen als seinen bloßen Willen gegeben/ so folget darauß nicht/ daß er keine andere gewußt/ oder den Glaubigen gegeben. P. H. lese doch Lutheri Send-Brieff im 5. Tom. Iehn. f. 140. so wird er besser vnderrichtet werden.

abstractivas, vnd exclusivas logicè zu vnderscheyden. Waißt Hofmann was? Nechst beygefügte Folg laßt sich vil mehr hören; als die seinige: der gantze Hofmann/ (nit die Redlichkeit) gehet neben der Warheit spatziren; ergo gehet Hofmann ohne Redlichkeit neben der Warheit spatziren. Nun weiter!

Num. LXXV.

Aß der Pabst das Haupt der Römischen Kirchen seye/ hat nit ein elender Hunnius dargethan (welcher gleich in der Præfation sac. 5. 7. 8. 9. 11. &c. alle Catholische mit vnverschämbten Unwarheiten antastet; auch all seine Conclusiones durch vnnd durch/ anderst nit/ als wie ein Venedische Metz ihre Vnschuld/ juxta num. 21. & 22. deß Anti-Lanii, beweiset; vnnd seine Wolffs-Vnschuld nur sub ovina pelle verdecket:) sondern Joh. c. 21. Matth. cap. 16. 7. vnd so vil andere/ also vil von Petri Primat. geschriben: Chrysost. libr. 2. de Sacerdot. & hom. 87. in Joan. Bernard. lib. 2. de consid. ad Eug. Hieron. ad Dam. ep. 57. & 58. & in c. 16. Matth. Et l. 1. Adverf. Jovin. & Adverf. Lucif. August. ep. 162. & ep. 165. ad Episc. Donatistarum. & ep. 90. ad Innocent. cum PP. Concil. Carthag. & cum Patribus Milev. Concil. ep. 92. ad eundem. Cyrill. Alex. l. 2. in Ioan. c. 12. Cypr. ep. 55. ad Cornel. Rom. Epis. Leo M. ep. 84. ad Anastas. Thessal. Ambr. de Sacram. l. 3. c. 1. Irenæus l. 3. c. 3. gar viler andern zugeschweigen; deren jedweder glaubwürdiger ist/ als tausend Hunnij/ vnd seines gleichen gleichens ins gesambt. Falsirt derowegen abermalen Hofmannus/daß ich/deß Pabsts/als deß Haupts Vorzug nur vnerwisen supponirt. Zwar wir Catholische/ denen Rebellen der Kirchen nit schuldig positivè vnsere Jura zubeweisen; als die wir præscribirt,vnd in legitima possessione seyn / nach Tertull. Grund Regl lib. de præscript. Hæret. Neben dem/daß Hofmanni gantzes Geschwätz ex alio capite nur ein schändliche Sophisterey ist; Zumalen der Zeit/ da Luther Doctor creirt worden (von welcher Zeit alleinig P. Haidlberger redete) hat kein Mensch (von consideration) in Teutschland gezweifelt / daß der Pabst das universal-Kirchen Haupt seye; sonder jederman hat es/ als anderwärtig erwisen/ supponirt. Laß sehen/wer vernainet mir das? hingegen wolte Hofmannus die Leuth gern betrügen / als wann es P. Haidlberger gantz frisch vnd auff ein newes ohne einige Prob ja wider voriger Zeiten Consens von sich selbsten setzte/ vnd vortruge. Welches wie es dolo malò außgegeben wird/ also ziehet jhme Hofmann das onus probationis auff den Hals.

Sonsten erzeigt er / schier verkaufft zu seyn/ Böses zu thun/3.Reg. 21. Weil er ja abermahl so trewloß mit deß frommen Parisienffschen Canzlers Gersonis Meynung spilet; welcher niemahlen in Abred stehet / daß der Pabst der Allgemeinen Kirchen Haupt seye; wol aber Theologisch disputirt/ daß ein allgemein versamblet Concilium über den Pabst seye; auch nie laugnet / daß die Römische Kirch die universal-Kirch seye; wann schon in einem andern Verstand sie zumahlen particularis Ecclesia ist/ so andere Catholische auch lehren. Goldasti Authoritæt ist vns Catholischen so groß/ als eines im Catalogo prohib. einverleibten Ketzers. Anonymum hab ich nit gesehen/verlange es auch nie/weil an ihme nichts gelegen. Jch retorquire aber hiemit das Hofmännische oben/ n. 63. fast tretzige Argument,vnd sage: Plump ist Hofmann/waß er wegen eines geringern vnbenambsten Scribenten der gantzen Kirchen Authoritæt/vnd Consens in Zweifel ziehen darff. Besehe doch der Leser n. 61. 63. vnd betrachte er/wie vil Mühe es bedörffe/biß dise Leuth(ihrer vnvermerckt) sein sauber wider sich selbsten darthun/daß sie keine Kirchen/ sondern nur ein partheyische Sect seyen; als welche sich uberall (juxta n. 59. Anti-Lanii) von gemeinem Consens abschrauffen / an alle particular contradicenten ohne Vnderscheyd hängen; wann sie nur wider die Päbstliche Kirchen sich auffführen.

Num. LXXVI.

NEchst vorigen Puncten will jetzt Hofmann Patrem Haidlbergern auff einmahl zu boden reiten / sprechend: Seine Argumenta wider Lutheri Vocation seyen so alber, vngereimbt rc. rc. daß er jhne nit würdig achte/Zeit vnd Papier darmit zu verlieren. Warüber wir Catholische sein lustig lächlen / vnd sagen: Hofmannus sambt allen Prediganten thun gar recht/ daß sie mit jhren Widerlegungen Zeit nit verlieren/vnnd Papier nicht beschmiren; von denen ohne das offenbahr ist / daß sie nit einen §. ohne Ungeschick/oder Unwarheit widerlegen können. Vid. suprà n. 54. Oder/laß ja sehen/ ihr Herren/thüt einmahl einen frischen Versuch! man erwartet Ewer! Hofmann (der H. Schrifft Beflissene / wie er sich selbst intitulirt) soll entzwischen die Zeit mit Lehrnen verzehren/das Papier aber mit Schuler-Notatis anfüllen; villeicht möcht noch was auß ihme werden.

Num. LXXVII.

Die Bibel betreffend/bleibt es bey dem newlichen. So vil Biblen gefunden werden/ in deren dritten Capitl ad Romanos das Wörtlein (Solùm oder Sola, nur/allein) zwischen disem Versicul vnd Worten: Arbitramur n. Hominem justificari per fidem (SOLAM)sine operibus legis, das ist/rc. Wir halten darfür/der Mensch werde gerechtfertiget durch den Glauben (AL-LEIN)ohne die Werck deß Gesatzes. So vil/ sprich ich / dergleichen Biblen gefunden werden / seynd lauter verfälschte Biblen; deren Truck seye gleich datirt/ was Jahr er immer wolle. Will das Hofmann nit leyden/so muß er selbst darthun/daß seine Biblien gewiß/vnd richtig. Ich glaub Luther wird ihm pang machen. Tom. 5. lehn.f. 141. Ferner muß er beweisen/ daß die Catholische Schrifft in disem Paß verfälscht; so er / glaub ich / wol wird bleiben lassen! Aber was vntcrwe sach ist die Pocherey Hofmanni / mit denen Teutschen/von ihme citirten Biblen? Ich hab zwar nit aller benambseten Editionen mögen habhafft werden; weilen aber Hofmann in eben denen / so ich beyhanden(nemblich in der Augspurgischen de Anno 1477. vnd in der Nürnbergischen de Anno 1483.) NB. ein hellautes Crimen falli begangen ; gestalten (NB.) das Wörtlein Solùm Sola,(wie man dann vrbietig/per Notarium & Testes solches kundt zu thun) also ist es ein schändliches stuck von vnserm Hofmanno: wardurch er mit einer harten præsumption gravirt wird / mit den andern citirten Exemplaren deßgleichen gewagt zu haben. Und also/wann Hofmannus so frech ist/daß er/als ein Ketzer/ eine so häßliche Untrew mit etliche Biblen begehen darff; Warumb sollen vns die übrige Uncatholische Pastoren nit eben so verdächtig seyn? Und wir derohalben also schliessen können: Fahls ja etliche Biblen loc.cit. mit dem Wörtlein Sola &c. gefunden wurden; so seyen sie eben von ihnen/ auß Antrib ihres Privat-Geists auch schändlich verfälscht worden?

Num. LXXVIII.

Nun mercke ja der Leser ferner meines Gegners mehrmahls vnbidermännische Proceduren! Weil er wuste/daß er wegen obiger Citation deß 3. Cap. ad Rom. vnvmgänglich in Unwarheit erdappet wurde werden ; so wendet er sich zu einem Betrug/durch die particulam disjunctivâ. ODER Krafft deren er so vil andeutet: (NB.) ist es nit zun Römern am dritten/ so ist es doch zu den Galatern am andern. Welches eben so vil heißt: Wann ich Hofman da falsirt habe; so habe ich doch dort die Warheit nit geredt. Allermassen nes so wahr ist/ als das andere: das ist/beede vnwahr/wie bald erhellen wird. Vorher aber horche Hofmann! Ware die Streit zwischen mir vnd Freymuht von dem Capitl zu den Galatern / oder von dem Capitl zu den Römern? Gewißlich von den Galatern nit mit einigem Wort. Was Schalck ist es dann: mich auß diser Epistel dergestalt wollen angreiffen / als wäre vnser Streitt so wol von diser/als von jener? Zu den Galatern am andern/ ist zwar das Wörtlein(nur)zu finden; aber durchauß nit in dem Verstand/ wie zu den Röm. am 3. vmb welchen wir ampten/ so anderwärtig zu erörtern gehörig ist. Entzwischen wann Hofmañus eine Parität zwischen dem Text Röm. 3. jenseyts/vnd dem Text Gal. 2. disseyts machen wollen/ scheinet hell/daß nit P. Haidlberger/sonder Hofmann mit grober offenbarer Vnwarheit herein geritten seye.

Num. LXXIX.

NJchts weniger mit grosser Vnbehutsamkeit/ in dem er seinen Ertz-Vatter zu ende deß §. vermeint hand zu haben/mit disen Worten: Luther hat den Papisten zu trotz/ keine andere Vrsachen gegeben. (NB. Nemblich: Warumb er die H. Schrifft mit dem Wort Sola verfälscht) als seinen blossen Willen. Ey wie Evangelisch! Ich Luther verfälsche mit fleiß die Schrifft: Weil ichs so haben will/den Papisten(den Esels-Köpffen : dann Papist vnd Esel ist ein ding/die weniger wissen/dann deß Müllers Thier/ was für Kunst. zu einem guten Dollmetscher gehört / deren keiner wußte / gack zu sagen nur über die zwey erste Wort Matthæi) zu trotz. Allwo sehe doch der Leser was diser Trotzmann / auß angewohnter Frechheit ferner waget: Auß Trotz gegen denen Catholischen / auch 100. vnd 1000 General-Versamblungen / wolte er (Tom. 1. Iehn. f. m. 214.) denen Priestern lieber eine/2. oder 3. Huren zulassen (Hofmann stehet es zu rahten/ ob es Venedische waren? Besihe oben n. 1.) als Krafft der Versamblungs-Decreten ein Eheweib; bey verlurst ihrer Seelen Seligkeit! Auß Trotz/ da einer schon die Gab hat / daß er ohne ein Ehe-Weib keusch leben kan/ doch soll mans dem Pabst zu wider thun. Symp. fol. m. 397. Auß Trotz gegen denen Papisten wolte er die Elevation, oder das Auffheben deß Sacraments in der Messe abthun; aber Carolstatt zu Trotz behielte ers. Und wolt ehe 10. Elevationes darüber einführen. Tom. 8. Iehn. f. mihi 182. Auß Trotz/ vnd den Papisten nur zuwider lehrete er/ daß in dem Abendmahl warhafftig Brod vnd Wein bleibe; nit nur die Gestalten. Tom. 3. Altemb. p. 862. b Auß Trotz/ wann ein Concilium beede Gestalten deß Abend mahls zuliesse/ wolt er erst zu Verachtung deß Concilij vnd deß Gebotts/allein einer oder gar keiner gebrauchen. Tom. 3. Iehn. pag. m. 274. Erasmo zu Trotz/ hat Luther/ dem Pabst zu Ehren folgende Wort geredt: Ja in dem er (Erasmus) deß Pabstum spottet/ verspottet er Christum. Symp. Luth. p. m. 381. Franckfort 1567. Da doch Luther selbst jenes tausendmal verspottet. Auß Trotz gegen die Schwärmer hat er bekennt/ daß alles Christlich guts im Pabstum zu finden/ rechte H. Schrifft/ rechte Tauff/ rechte Sacrament deß Altars/ rechte Schlüssel zu Vergebung der Sünd/ rechter Catechismus ꝛc. Vnnd das der Pabst dise Güter von den Aposteln geerbt ꝛc. Tom. 4 Iehn. f. m. 310. Da er doch sonst das Pabstum eine Grund-Suppen aller Boßheit nennet. Sihe da! hat Hofmann nit ein Trotz-Glauben? Hat er nit einen Trotz-Propheten? Ist er nit ein Trotzmann? werden jhme nit die Herren Lutheraner ein Trotz-Federlein auff den Hut stecken! Ey wie alles so Evangelisch!

Num. LXXX.

ES woll vns aber Hofmannus vnbeschwert berichten/ weilen Lutherus ja den Catholischen zu Trotz/ durch das Wörtlein Sola vnnd Solùm die Schrifft verfälscht hat; was gibt er dan seinen eigenen Kindern vor eine grundfeste Ursach/ seines gewagten Bubenstucks? Hofmann weiset mich auff die Send-Schrifft deß 5. Iehn. Tom. f. 140. vnd diß sehr lächerlich: diemeilen ich ja eben selbige Send-Schrifft dem Freymuht vorwarffe; jetzt aber begehrt Hofmann: Ich soll sie doch lesen! Wolan ich folge nichts destoweniger/ ich lese sie nochmaken/ vnd sag: daß sich Hofmann deren von Hertzen zu schämen habe. Gestalten dann neben dem/ daß sie voll vnerhörten Hochmuhts ist/ so würbkte sie noch darzu das Lutherthum vmb vnd vmb mit disen Worten: Euch aber/ vnd den vnsern will ich anzeigen/ warumb ich das Wort Sola (vnd Solùm) hab wollen brauchen/ ꝛc. Ich hab mich deß gefliessen im dolmetschen/ daß ich rein vnd klar Teutsch geben möchte. Vnd ist vns wohl offt begegnet/ daß wir 14. Tage/ drey vier Wochen haben ein einiges Wort gesucht/ vnd gefragt/ habens dannoch nit funden/ ꝛc. Also hab ich hie Röm. 3. fast wol gewußt/ daß im Lateinischen vnnd Griechischen Text das Wort Solùm nit stehet/ vnd hätten michs die Papisten nit dörffen lehrn; Wahr ist: die vier Buchstaben stehen nicht darein/ welche Buchstaben die Esels-Köpff ansehen/ wie ein Kuhe ein Thor; sehen aber nit/ daß gleichwohl die Meinung in sich/ vnnd wo mans will klar vnd gewaltiglich verteutschen/ so gehört es hinein. So vil Luther loc. cit.

Welche Wort/ sprich ich/ das gantze Lutherthum/ patsch zu boten würblen.

Aller,

Allermassen/dieweil eines theils das Lutherische Irrthumb auff dem Articul von der Rechtfertigung mittelst deß Sola-Glauben gäntzlich gebawet ist/anders theils diser Articul auff lauter Trotz (laut obigen 79. num.) Item auff lauter Eigensinnigkeit (sic volo sic jubeo! sit pro ratione voluntas/ Wie Luther l.c. redet.) Ferners auff lauter Schnödigkeit/ gewaltiglich Teutsch zu reden) sich stewret; So folge vnwidersprechlich/ daß das Lutherthum pur auff einem eigensinnigen trotzigen Geist/ vnd Dunck eines einigen eytlen Manns; nicht aber auff die H. Schrifft (wie man die gute Seelen im Lutherthum hinderge= het) sich stewre/ vnd gegründet seye. Alldieweilen ja Luther bekennt/ erstlich: Es seye das Wörtlein Solùm weder in Lateinischer/ noch Griechischen Schrifft zu finden / ja er bekennt / auch das Teutsche Wörtlein Alleine/ seye in keiner Teutschen Bibl ausser der seinigen zu finden: Es ist mein Testament/ spricht er/ l. c. f. 140. b. vnd meine Dolmetschung; vnd soll mein bleiben / vnnd seyn. Meine alleinig (NB.) weil ich sehe / daß ihr keiner weißt/ wie man dolmetschen/ oder Teutsch reden solle. Idem ibid. Sihe doch/ geehrter Leser/ wie übel die arme Seelen im Lutherthum bestehen!

Damit aber auch sie ihre Augen hierüber mehrers eröffnen; so ist zu mercken erstlich/ daß Pauli Epistel zu den Römern/ dem gemeinen Wohn nach/ in Griechischer Sprach vrsprünglich geschriben seye. Wiewol etliche sie / im Latein originaliter beschriben zu seyn/ behaupten wollen. Wie deme: wann das Wort Solùm weder im Griechischen/ noch in dem Lateinischen originaliter zu finden/ wie Luther bekennt: so wird ja jenes/ was er vmb der Sprach willen pri= vat hinzu gestickt/ keine H. Schrifft seyn können? 2. Wanns Luther also zu= gestickt/ daß er selbst nit vergwißt/ obes villeicht gefehlet seye/so hat es ja kei= ner Göttlichen Schrifft Authorität/. vnnd kan man folgendlich nit darauff ba= wen! Nun aber/ das er selbst nit vergwißt seye/ bezeugen folgende seine Wort/ l.c. Hab ich darinn etwann gefehlet (das mir doch nit bewußt/ vnnd freylich vngern in einem Buchstaben muhtwilliglich wolt vnrecht dolmetschen) darüber will ich die Papisten nit zu Richter leyden/ daß sie haben noch zur Zeit lange Ohren darzu/ vnnd ihr Ika/ Ika ist zu schwach/ mein dolmetschen zu vrtheilen. Sihest du Zweifel vnd Trotz bey= samen! Alwo sich ein gar fein Fräglein erhebt: Warumb die Predicanten sich sonst gewohnlich mit den Original-Sprachen so maussig machen? hie aber/ (wo so vil daran ligt) nur auff eine Mutter-Sprach von einem trotzigen Geist pochen? 3. Wann der Vorwand Lutheri offenbar betrüglich erwisen werden kan; so ist ja nit darauff zu bawen; Nun wird diß offenbahr auß deme erwi= sen: daß er im Teutschen die Zierlichkeit der Sprach vorschützt; vnd doch auch in Lateinischer Sprach das Wort Sola überall vntrew einringet. Als Comm. ad Gal. c. 3. §. Hoc est. Quia sola fide justificabitur justus. Item tom. 1. witt. lat. f.

lat. f. m. 372. Fides nisi sola sit, nihil est, & non justificat. Ja auch den H. Paulum/ deſſen durchgehend mit vnglaubigen crimine falsi bezüchtiget. Comm. ad Galat. 2. §. Apoſt. Apostolus constanter negat impleri legem per opera, sed per solam fidem, &c. Wann dann beſagtermaſſen Luther/ vns Catholiſchen mit dem Troß; den Herren Lutheranern aber mit der Teutſchen Sprach Zierlichkeit/ oder Eigenſchafft begegnen will; ſo verhöhnet er einen theil/ wie den andern: dann was kan doch das Wort Sola in Lateiniſcher Sprach der Teutſchen Sprach Eigenſchafft oder Zierlichkeit dienen? Bleibt alſo ein ſchändlicher Betrug/ vnd Unwarheit/ von einem newen Evangeliſten/ auff welchen doch das gantze Lutherthum gebawet iſt. Ach Seelen-Jammer!

Seminiverbius.

Num. LXXXI.   §. XIV.

Ie ſehr ſich auch imer in den vorhergehenden p. ². proſtituirt hat/ ſo ſtoſſet er doch pag. 23. in der Beantwortung der 7. Vnwarheit/ dem Faſſe gar den Boden auß/ durch ſein lugenhaffte/ verſtimblende/ vnnd zur Verzweiflung anreitzende Antwort. Ein lugenhaffte Antwort iſt es/ weil er laugnet/ daß dem gemeinen Mann im Pabſtum durchgehend die Bibel verbotten/ vnd ſolch Verbott NVR auff gewiſſe verfälſchte Editiones gerichtet ſey. Dann ja außtrucklich das Concil. Trident. in Indice prohib. vol. Reg. 4. nicht allein einen Vnderſcheid der Editionen machet/ ſondern auch der Perſonen/ welchen die H. Schrifft auß Erlaubnuß deß Biſchofs/ oder Beichtvatters zu leſen/ ſolle vergönnt ſeyn. Vnd iſt allda die Straffe darauff geſetzt/ wer ohne ſolche Vollmacht die Bibl haben oder gebrauchen werde./ vnnd ſolche nicht wider außantworte/ dem ſollen die Sünden nit

Caſtigatio.

Num. LXXXII.

Hofmann will angeſehen ſeyn/ als eyferte er allgemach nach wichtigern Religions-Stucken; Aber er mutzet ſich je länger je mehr mit dem Ketzer-Geiſt auff. Drey Ding bindet er jhme ſelbſt in diſem §. uber. Er muß 1. beweiſen/ daß meine pag. 23. gegebene Beantwortung lugenhaffte ſeye. 2. Verſtimblet. 3. Zur Verzweiflung ziehe. Aber gewißlich diſe Ding alle / quia ita ſcripta ſunt, ut intelligi non poſſint, perinde ſunt, ac ſi ſcripta non eſſent. Argum. L. quò tutela §. 4. ff. de diverſ. Reg. Iur. antiq. Nichts deſto weniger laß ſehen! Betreffend das erſte; ſo waren wir Catholiſche fälſchlich von Freymuht bezüchtiget: biß wann wir dem gemeinen Mann das Wort Gottes raubeten/ dennmach wir jhme die Bibl verbieten. Pater Haidlberger antwortete: die Bibl wernit vergeben werden. Was nun ein gemeiner Mann alleine auß Erlaubnuß hat/ das ist ihme ja ohne die erlangte Erlaubnuß durchgehends verbotten. Der Cardinal Hosius Tom. I. de expr. V. D. t. 664. schreibt also läusterlich: Den Layen die lesung der Bibl vergönnen / sey so vil / als das Heilige den Hunden geben/ vnnd die Perl für die Säw werffen. Anderer vnzehlich mehr zugeschweigen. Darauß sihet man ja/ daß P. H. seine eigne Religion nicht verstehe.

werde dem gemeinen Mann nit durchgehend verbotten/ sonder wir lassen ihme (ohne Vnderscheyd) nicht alle Biblen ohne Vnderscheyd zu. Vnd (NB.) sonderlich nit die von Luthero / vnnd seines gleichen verfälschte. Hierwider jaßet Hofmann: Es seye ein lugenhaffte Antwort. Aber nimb wahr! wan Hofmann meine Wort häßlich verfälscht/ so ist seine Jnzicht lugenhafft / nit meine Antwort. At-

qui Hofmann hat sie häßlich verfälscht: allermassen er die particulam nur/ an statt der particula sonderlich / eingetrungen Ergo. Patris Haidlberger Wort lauten/ wie nechst obstehet: Hingegen lauten Hofmanni Wort also: Ein lugenhaffte Antwort ist es/ wann P. Haidlberger laugnet/ daß dem gemeinen Mann in dem Pabstum durchgehend die Bibl verbotten; vnd solch Verbott nur (NB. nur) auff gewisse verfälschte Editiones gerichtet seye. So vil Hofmannus. Wie nun aber diße propositio: Sempronius gibt nur den Hauß-Armen gern Allmosen; gar nicht ein ding ist mit der folgenden: Sempronius gibt absönderlich den Hauß-Armen gern : also ist die Verterxlung vnser gegenwärtigen propofition ein scheußliche Verfälschung. So waißt auch Hofmann/in citatione Reg. Trident. abermal nit/ was er rede: Dann einweder will er probiren/ daß dem gemeinen Mann durchgehend/ das Wort Gottes auch durchgehend verbotten seye? so hawet er sich selbst auß dem Tridentino spöttlich in die Backen; auß welchem er bekennt/ daß es einen Vnderschid mache/ nit allein der Editionen, sonder auch der Personen; vnd also nit durchgehend verfahre. Oder er will das Verbott nicht universaliter extendiren? so redt er/ was P. Haidlberger redet. Ich geschweige hie das Hofmannisches suppositum nie findig: dann nit allein die Christliche Kirch/ sonder auch das Jus naturale jenen Leuthen die Bibl verbietet / welchen sie von der Kirchen verbotten wird. Ja eben darumb (NB.) gibt man in der Catholischen Kirchen etlichen keine Licens; weil es die Natur jhnen nit zuzulassen anmahnet/ als welche dardurch ins Verderben sich zu stürtzen (ob Hominum Temeritatem, wie Regula Trident. 4. redt) einige Gesahr leyden. Wiewol die Kirch hingegen in gewissen casibus auch das natürliche Jus zu vinculiren Macht hat. Quam tamen huiusmodi dispositionem non tollere jus naturale (quod mutationis est expers) sed illustrare manifestum est. Wie abzunemmen

J ex L.

ex L. Manumissiones 4. L. ex hoc Jure. f. ff. de Iust. & Iure von den Leibeigenen/ vnd deren Freyſprechung; Von Abtheilung der Güter/ ſo von der Natur allgemein. Gewißlich wann vngeacht deß Göttlichen Recht Deut. 17. Matth. 18. 1. Cor. 13. Heb. 10. ꝛc. ſween/ drey bloſſige Zeugen/Jure Humano, in vnderſchidlichen cauſis verworffen werden. Tot. Tit. ff. & C. de Teſtib. Wann Iure naturali den Kindern die Erbſchafft heimbfällt: vnd doch der Vatter wegen Undanckbarkeit Iure Civili ſie enterben kan/ꝛc. Warumb ſolt die Catholiſche Kirchen nit können ob manifeſtas & ſpeciales cauſas,gewiſſen Leuthen die Leſung der Bibl auffheben?

Num. LXXXIII.

Wer widerumb zur ſache zukommen. Seye jhm alſo: daß alleinig durch Erlaubnuß der Kirchen der gemeine Mann die Bibl leſe: wurde dann hiemit folgen/daß die Bibl dem gemeinen Mann durchgehend verbotten? Vrind folgendlich geraubt ſeye; wie vns Freymuht vnd Hofmann beſüchtigen? Secht doch die newe Kunſt-Prob! Es dorff ſie ja keiner leſen / ſpricht Hofmannus/ ohne Erlaubnuß; Ergo iſt ſie jederman verbotten? Behüte GOTT! was Schluß-Red? Das Pfleg-Kind darff nichts außgeben / oder Unkoſten machen ꝛc. ohne Erlaubnuß deß Vormunders: Ergo iſt jhme durchgehend alles verbotten/ vnd ſtihlt der Pfleger dem Pfleg-Kind das ſeinige ab? Das Pfarr-Kind nimbt im Lutherthum allein mit Erlaubnuß deß Predicanten das (ſo genandte) Nachtmahl: Ergo iſt es jhme durchgehend verbotten? vnd raubt es jhme der Predicant ab? Ein angehender Predicant zu Augſpurg darff den Predicanten-Kütl allein mit Erlaubnuß eines Lutheriſchen Herrn Statt-Pfleger auff die Cantzel anlegen: Ergo iſt es jhm durchgehend verbotten? Im Lutherthumb haben die Kinder à toto genere, (beſihe Sympol. vom Eheſtand) allein mit Erlaubnuß der Eltern Macht zu heyrathen: Ergo iſt jhnen zu heyrathen durchgehend verbotten? Ergo ſtehlen jhnen die Eltern die Macht ab/ein ſo nothwendiges Gebott zu erfüllen? Am Faſt-Tag ſo wol/ als andere Tag darff das Kind bey den Lutheranern alleinig mit Erlaubnuß deß Vatters in die Wurſt-Schüſſel greiffen: Ergo iſt jhm das Fleiſch durchgehend verbotten? vnd ſtihle der Vatter ſeinem Sohn die Chriſtliche Freyheit am Faſt-Tag Fleiſch zu eſſen vnbefugt ab? Freylich nit! Vnſer verblendter Hofmann dann muß der Welt darthun/daß die Chriſtliche Kirch dem gemeinen Mann keiner Bibl Erlaubnuß gebe; vnd alsdann möchte ſeine Falſchheit etwelchen Schein-Glantz empfangen.

Schand iſt es entzwiſchen/ daß er den Welt-berühmten Hoſium ſo vnwarhafft anziehet: Die leſung der Bibl den Layen vergonnen/ ſeye ſo vil als das Heilige den Hunden geben / vnd die Perl für die Säw werffen. Vernehme doch der Leſer Hoſij Wort l. c. f. m. 299. Nihil eſt Scripturarum le-
ctio-

ctione melius, nihil utilius &c. Sed sicut sobriis ac prudentibus salutarē præbet alimoniam, ita stultis, & impiis Hæreseos, & majoris impietatis ministrat occasionem. An a. quadrupedes istos, quibus dare sanctum Christus vetuit, etiam à lectione sacrarum Scripturarum arcere non præstaret? &c. Das ist:Nichts bessers/nichts nutzlichers dann die Schrifft lesen ꝛc. Aber weilen den Narren vnd Gottlosen/mehr gelegenheit zum Bösen hierdurch gegeben wird; also ist die Frag: Ob es nit auch besser wäre/dise von Lesung der Schrifft abhalten; welchem Christus verbotten hat/das Heiligthumb zu reichen? So weit Stanisl. Hosius. Wer schämbt sich nit an statt Hofmanni? Welcher noch darzu so vil vnzahlbare Unwarheiten anhänget/als vil vnzahlbarer Authorum er sich vnwarhafft rühmet.

Seminiverbius.
Num. LXXXIV.

(2.) Ist das eine verstümlete Antwort/die Christi Wort/Einsetzung vnd Gegenwart im H. Abendmahl verstümlet/wann er sagt: Wir rauben den Layen das Blut Christi nit/weil Christus mit Leib vnd Blut in der Hostien enthalten ist: Wann gleich disses wahr wäre/was die Persöhnliche Vereinigung vnnd Gegenwart deß Leibs vnd Bluts belanget/nach welcher Christi Leib vnnd Blut nicht können vnderschiden seyn/darvon allhier die Rede nicht ist: So ist doch disses nit wahr/was die Sacramentirliche Gegenwart vnd Vereinigung belanget. Denn (sind Wort deß Tridentinischen Concilii Sess. 13. c. 1.) die Sacramentirliche Gegenwart ist eine besondere Gegenwart/welche(nit auß der Persöhnlichen Vereinigung/sondern)auß den Worten der Einsetzung Christi herrühret. Unn ist nach Bellarmini Bekandtnuß l. 1. de Miss. c. 27. vnder der Gestalt deß Brodts/(NB.) Krafft der Einsetzungs-Wort/allein der Leib Christi zugegē/vnd l. 4. de

Castigatio.
Num. LXXXV.

Der bedachtsame Leser wolle sich erinnern, der oben n. 82. gemachten Außtheilung/über drey Stuck/welche jhme Hofmannus selbst übergebunden. Das erste war/die Pflicht zubeweisen/daß P. Haidlberger eine lugenhaffte Antwort außfolgen lassen. Wie dise Prob vnglückselig abgeloffen/haben wir allbereit verstanden. Bey der andern Pflicht muß er darthun/daß P. Haidlberger eine zerstimblete Antwort gegeben. Diß zuverstehen/mercke der Leser! Gleich wie oben denen Catholischē von Freymuht schändlich angedichtet ware/daß sie dem gemeinen Mann das Wort Gottes abraubten/also hie; daß sie jhme das Blut Christi/durch Versagung beeder Gestalten abzäuben. P. Haidlberg antwortete p. 2 s. Wir rauben das Blut Christi nit/weilen in der Hostien der gantz Christus mit Leib vnd Blut enthalten. Wol aber thun das die Lutherische Prede Euchar. cap. 11. laugnet er/daß mit disen Worten die Einsetzung: Das ist mein Leib; zu gleich das Blut begriffen werde. Drumb ist das falsch/ daß das Blut auch in der Hostien Sacramentirlicher weiß/ vnnd NACH den Worten der Einsetzung zugegen seye. Drumb machē die Papistische Schul-Lehrer/ Durandus vnd Bonaventura einen Vnderscheid vnder dem gantzen Christo (inter integritatem totius Christi) welcher vnder jeden beyden Gestalten zugegen ist. Vnnd vnder dem gantzen Sacrament (integritatem Sacramenti) welches nach den Worten der Einsetzung auß beyden Gestalten zusam̄en bestehet. So widerspricht auch disen Worten P. H. der Apostel Paulus 1. Cor. X. 16. außtrucklich also: Der (NB.) gesegnete Kelch (nicht das gesegnete Brodt) den wir segnen/ ist die (Sacramentirliche) Gemeinschafft deß Leibs vnd Bluts Christi. Das Brodt/ das wir brechen / ist die (Sacramentirliche) Gemeinschafft / (nicht deß Bluts sondern) deß Leibs Christi. P. Haidlberger aber spricht: Das Brodt/ist die Gemeinschafft deß Leibs vnd Bluts Christi. Wer hat nun recht: P. H. oder Paulus? seyn die Wort Pauli nicht klar genug?

Prædicanten: als welche gar kein Fronleichnambs Sacrament haben. Uber den letztern theil rühret sich Hofmann nit: sonder wendet sich betrüglich von diser Frag: Ob Christi Blut in der Hostien vorhanden? auff jene Frag/ WIE es vorhanden seye? So ja zu anderst nichts dienet/ als die armen Luth. Seelen zu betrügen. Dann wann warhafftig nach der Consecration deß Brodts/ nothwendig das Blut Christi nicht kan abgesöndert werden; so ist es schon falsch/ daß wir Catholische denen Layen das H. Blut abrauben. Gott geb/ wie die Manier der Gegenwart seye/ wan̄ es nur verhanden ist. Vnd also ist Hofmann ein Falsarius, als welcher den statum quæstionis handgreifflich verfälscht. 2. Bleibt er schon ein Calumniant gegen Patrem Haidlberger/ welchen er inzichtet: Er habe eine verstümmelte Antwort gegeben/ da er doch mehr nit solte antworten / als directè auff den statum. 3. Falsirt er: seine mit grossen Buchstaben auffgezeichnete Citation auß dem Tridentino / seyen deß Tridentini Wort selbsten/ da sie doch in disen

formalibus gar nit zu finden; auch der Personal-Præsenz gar nicht Meldung thut/ sonder der Natural-Gegenwart/so weit ein anders ist. Vierdtens erzeige er eine merckliche Ignorantz / mit diser Un-Theolog: vnnd Un-Logicalischer Folge: Die Sacramental-Gegenwart ist eine besondere Gegenwart/ Ergo ist Christi Blut vnder deß Brodts Gestalt nit Sacramentalisch verhanden. Antwort: Es ist Sacramentalisch vnder den Gestalten deß Brods per concomitantiam! Von diser lise das Trident. Sell. 13. c. 3. So ist es auch 5. vnbanckmässig/ wann Hofmann die personal-Vereinigung hie zweymahl einführet /
so

so ein Zeichen/daß er den Handel nit verstehe; dann wann die Catholischen sagen: Das H. Blut seye würcklich allzeit vorhanden/ wo der Leib ist; dawen sie nit auff die personal-Vereinigung (welche auch in dem todten Leib zu Grab/vnd in dem abgesönderten Blut Christi gebliben;sonder auff dem jetzigen vnsterblichen Stand Christi. Gemäß welchem er die natural-Union zwischen Leib vnd Seel nie ablegt. Rom. 6. Scientes quòd Christus resurgens ex mortuis jam non moritur, mors illi ultrà non dominabitur. Dahero auch sein Blut von dem allzeit lebendigen Leib nirgends abgesöndert wird. Und hierauff stewret sich die nechst obige Concomitantia auß dem Tridentino. Gleichsfahls ist es 6. sehr übel gefählt/wann er sagt· Christi Leib vnd Blut können nit vnderscheyden seyn: Da sie doch nit allein können / sonder(in allen statibus præsentiæ Sacramentalis & non Sacramentalis) nothwendig müssen vnderscheyden seyn; eben darumb weil Fleisch nit Blut / Blut nit Fleisch ist: Der gute Schuler wolte sagen: abgesöndert. Er thäte von disen hohen Sachen verständiger stillschweigen/ als reden. 7. Verfälscht Hofmann auch Bellarmini Wort / in dem er sagt: Bellarminus laugne: daß MIT (NB. MIT)disen Worten der Einsetzung(das ist mein Leib) zugleich das Blut begriffen werde. Hocherwehnter Author sagt nit mit/sonder Vi, (NB. vi)krafft diser Worten: so dann in gegenwärtiger Streitt-Materi; gleich wie es ein importanter Vnderscheid ist; also ist der Betrug weit außsehend. Auff welchen auch Hofmann flux seine nechst beygepflichte Folgerey gebawet/ wann er sagt: Drumb ist falsch/daß Blut auch Sacramentalischer weise vnd nach den Worten der Einsetzung vorhanden seye. Setze sein Hofmannus das Wörtelein Krafft an statt deß Wörteleins mit/so ist die propositio nit falsch. Dann wie oben gemelt: Das Blut ist Sacramentalisch per concomitantiam vorhanden. 8. Durandum vnd Bonaventuram / wie auch andere Doctores verstehet Hofmann nit; welche nicht das suchen/ was er dänlet; sonder sie wollen sagen: Ob zwar vnder denen Gestalten deß consecrirten Brodts ohne die Weins-Gestalten / integritate Essentiali, ein gantzes Sacrament ist; zumahlen der gantze Christus Sacramentaliter vorhanden. Weilen aber ja höchst-erwehnter Heyland das H.H. Sacrament auch vnder den Weins-Gestalten eingestellt; so möge dise weiß zu vnderscheyden / endlich wol gebraucht werden: Integritas totius Christi; vnd : Integritas Sacramenti verstehe quoad Institutionem externi Symboli, seu utriusque signi. Jm übri) gen lehret so gar der Heilige Bonaventura / daß in nehmung beeder Gestalten gar kein grösser Frucht geschöpfft werde / als eben in Niessung einer Gestalt alleinig. 9. Gesetzt(aber nicht zugegeben) daß man vnder Brods Gestalt das Blut nit Sacramentalischer weiß empfienge; was lege daran? vnd was klare Schrifft wurde Hofmann wol beyschaffen/daß das Widerspil seyn
J 3 solle?

ſolle? vnd daß in demſelbigen fahl denen Layen etwas von ihrer gebühr entzogen wurde? Zum 10. Sollen ſich diſe Lehrer ſelbſt bey den Ohren ziehen! dann es bleibt darbey: Lutheriſche können dem armen Völcklein gar kein Fronleichnambs-Sacrament raichen/ es wäre dann/ daß einer von vns außgeſprungner Prieſter conſecriren wolte. Zum 11. Hätte Hofmann mit dem Nota bene in Anziehung deß H. Pauli/ ihme ſelbſt wol ſchonen können. Dann es auff nichts anders den Fingerzeig gibt/ als auff ſeine Falſchheit Paulus ſchließt weder das Blut von dem Brodt auß/ noch den Leib von dem Wein/ wie es Hofmann vnbidermänniſch/ durch ſeine parentheſes thut; ſetzt auch das Wort Sacramentirlich nit darzu. Seyn alſo die Wort Pauli zu Hofmanns Vorhaben nit klar genug/ wie er ihm ſelbſt ſchmaichlet; ſonder ihr Verſtand/ iſt durch die implicitè eingeruckte Excluſivam(Solùm verfälſcht. Fragt er dann/ wer recht habe: Paulus/ oder P. Haidlberger? ſo fallt die Antwort: Was einer ſagt/ ſage auch der ander; haben alſo beede recht/ Hofmann aber vnrecht.

Wir rucken aber anjetzo zu der dritten Abgliderung diſes §. Nur frag ich zuvor Hofmannum/ was er zu diſen Worten Luthert Tom. 1. lehn. f. m, 19. ſage? Mir gefallts wol/ daß er (der Biſchof von Meiſſen) gebeut vnd lehret/ man ſoll an einer Geſtalt ſich begnügen laſſen / vnnd feſtiglich glauben/ Chriſtus ſeye nit ſtücklich/ ſonder gantz vnd gäntzlich vnder einer jeglichen Geſtalt deß Sacraments; das glaube ich auch. Vnd bitt einen jeglichen/ er wolle diſem Zetl hierinn glauben/ vnd iſt auch nichts anders in meinen Sermonen/ ꝛc. So weit Luther. Allwo ich alſo argumentire: Eineweders hat hie Luther den gantzen Chriſtum Sacramentaliſch verſtanden/ oder nit? Hat er Ihn vnder jeder Geſtalt alſo verſtanden; Warumb ſtreittet dann Hofmann wider Lutherum? Hat er Ihn nit Sacramentaliſch verſtanden/ ſo raubt er denen das Blut Chriſti/ welchen er rathet/ ſie ſollen ſich mit einer Geſtalt begnügen laſſen. Endlich ſo hat ja Chriſtus ſich in dem H. Sacrament lebendig wöllen mittheilen; vnnd dannoch iſt weder in einer noch beeden Geſtalten/ krafft der Worten/ die Seelen Chriſti begriffen/ Ergo gebt ihr Lutheraner keinem lebendigen Sacramentaliſchen Chriſtum. Was Antwort/ was Rath liebe mitleydens würdige Lutheriſche Seelen?

Seminiverbius.
Num. LXXXVI.

(3.) Iſt es auch eine zu Verzweifflung anreitzende vnd laitende Beantwortung. P. H. Laugnet/ daß die Papiſten ihren Zuhörern die Gewißheit der Gnaden Gottes/ ſtehlen. Denn/

Caſtigatio.
Num. LXXXVII.

Das Concilium von Trient Seſſ. 6. c. 9. & 12. lehret/ daß niemand (ohne ſonderbare Offenbahrung) der Gnaden Gottes/ der Rechtfertigung/ vund Außerwöhlung

Denn/ ſagt er/ was einer nicht hat / oder haben ſoll/ ſtihlt man jhme nicht. Alſo geſtehet P. H. offentlich/ daß kein Papiſt die Gewißheit der Gnaden Gottes (vnd folgender geſtalt/ der daran hangenden Seligkeit) habe/ noch haben ſolle. O ein ſchöner kräfftiger Troſt der Päbſtiſchen Religion; vnd Haidlbergiſchen Lehre/ den auch die Teufel/ vnnd Verdambten haben. Warumb verbürgen dann die Jeſuiten jhrer Seele Seligkeit vor die jenige/ welche ſie zum Abfall von der Lutheriſchen Religion überreden wollen? Warumb ſolte dann einer zur Päbſtiſchen Religion abfallen/ bey welcher er der Gnaden Gottes/ vnd ſeiner Seelen Seligkeit ſo vngewiß iſt/ das er die Gewißheit im Pabſtum weder hat/ noch haben ſoll/ wie P. H. ſaget. Es muß ja ein Papiſt das Apoſtoliſch Glaubens-Bekandenuß verläugnen/ vnd da ein Lutheraner bekennet im 3. Articul: Ich glaube (gleich wie warhafftig gewiß) ein H. Chriſtliche Oder Catholiſche Kirchen/ vnd eine Gemein der Heilige (alſo auch gewiß) eine Vergebung der Sünden (welche mir vmb deß Glaubens willen/ in der That widerfahren/ nicht daß ſie möglich ſey/ welches auch die Gottloſen wiſſen (vnd gleich wie) eine Aufferſtehung deß Fleiſches (alſo gewiß) ein ewiges Leben (nicht nur das eines ſey vor andere/ welches auch die Teuffel glauben/ ſondern vor mich bereitet.) So muß hingegen ein Papiſt ſagen: Ich zweifle an der Vergebung der Sünden/ ꝛc. vnd an dem ewigen Leben.

lung vergwißt ſeye. Diſe nennet Freymuht eine verzweiffelte Lehr; Hofmannus aber zur Verzweiflung anreitzend. Beede thorrecht. Heißt feſtiglich hoffen ſo vil/als verzweiflen? Nun reitzet das Concilium alles Ernſts zur feſten Hoffnung/ tametſi in Dei auxilio firmiſſimam ſpem collocare, & reponere omnes debent. Trid. Seſſ. 6. cap. 13. Ergo reitzet es nit zur Verzweifflung; Ergo iſt es kein verzweifelte Lehr Für eins. Für das andere geſtehen zwar die Catholiſche offentlich vnd vngeſchewet/ daß kein Papiſt die Gewißheit der Gnaden Gottes ꝛc. determinatè für ſich oder jemand andern habe; aber die darüber geführte Exclamation Hofmanni (als wann auch die Teuffel ſolchen Troſt hätten) iſt ein lautere bübiſche petulanz; In Bedencken weder Teuſſen/ noch Verdampten einige Hoffnuug übrig iſt; Ergo auch nit der Papiſtiſche Troſt. Zum dritten belege Gegner die Jeſuiten mit einer vnwarhafften Calumnien/ als wann ſie jhr Seel für jhrer Newfängling Seligkeit verbürgeten.. Hat er wann ein Jeſuit mit dergleichen Vorgſchafft ſich vernehmen laſſen/ ſo iſt es nit auff deß Newfänglings Seligkeit; ſondern auff deß Glaubens Gewißheit geſchehen. Wie dann ich hiemit meine Seligkeit Hofmanno in allweeg verpfände/ daß der Röm. Catholiſch/
der

bett. Das ist ein schöne Glaubens-Bekandtnuß/ warmit die Teufel/ alle Verdampten vnd Gottlosen übereinstimmen. Es kan/ vnd darff kein Papist das Vatter vnser betten. Denn er zweifelt/ vnnd ist nicht gewiß/ daß Gott sein gnädiger Vatter sey/ vnnd ihme die Sünde vergeben/ vnnd also die Mittl/ wodurch die Sünden vergeben wird/ nemblich die Sacramenta/ vnd das Wort der Absolution jemahls würdiglich genossen habe. Wie kan denn ein solcher Zweifler ein glaubiges Amen sprechen? Wer da zweifflet/ der darff nicht dencken/ daß er etwas von dem HErrn erlangen werde. Jac. 1. 6. 7. Diß ist der Kern der Päbstischen Lehre/ warauff man soll leben vnd sterben/ vnd sich in aller Anfechtung/ Gewissens-Angst/ vnd Todts-Noth (scilicet) trösten. Pfui der verdamlichen vnnd verzweifleten Lehr P. H.!

der rechte Glauben sey; der Lutherisch aber der falsche. Im übrigen/ wann so wol etwelche Newfängling/ als andere Papisten verdambt werden/ fehlet es nicht am Glauben/ sonder an der Person/ welche denen Glaubens Außweisungen von eigner Schuld nicht nachgekommen; so leider offt geschicht; vnd eben darumb niemand seiner selbst sicher ist. Das aber diese Ungewißheit solte von der Päbstlichen Religion abschröcken/ ist lächerlich. Dann ob man schon bey den Catholischen der Seligkeit berührter massen vnvergwißt/ so ist man doch bey dem Lutherthum der Beharrung auch nit vergwißt. Gestalte gleich wie es in eines Catholischen freyer Willkuhr stehet/ den Himmel zu erlangen; niemand aber vergwißt ist/ daß er eben diß allzeit wird wöllen; auch künfftig noch wol ein Ketzer/ vnd folgendlich verdambt kan werden; also stehet es in eines Lutheraners freyer Willkuhr/ das Lutherthum zuverlassen/ vnd Römisch Catholisch zu werden: Welches weil niemand weißt/ ob ers villeicht nicht wöllen werde; Ja das übel hindergangne Lutherische Völcklein/ auß der Erfahrnuß selbst sihet/ daß vil von dem Lutherthum abweichen; So ist gewißlich ein Lutheraner vnvergwißt. Vnd also wann der Lutherische Glaube ihrer sag nach/ der allein seligmachende Glaub ist; so folgt/ daß jene Abgewichene die Seligkeit verloren haben. Wie seyn sie dann im vorigen Glauben jhres Heyls versichert gewesen?

Num. LXXXVIII.

Zum 4. Wie es eine lautere Hofmännische Lästerung ist/ daß die Papisten die Apostolische Bekandtnuß sollen verlaugnen; also ist sein übriges Geschwätz lauter schändlich Sophistischer Betrug; welcher (NB.) in dem stehet: Daß Hofmann wider Wissen vnnd Gewissen vns bezüchtiget: als wann wir das Fundament der Ungewißheit gäntzlich auff Gott vnd Gottes Anordnung hinüber dürmeten; da wir es doch (laut so vilfältiger Protestationen)

nen) pur alleinig auff vnsere Menschliche Unbeständigkeit legen; vngefåhr in
disem Begriff: So vil Gott/seine Mitl vnd Ordnung betrifft/ seyn wir
Catholische Christen alle deß Himmels vergwißt. Weil wir aber hingegen nit vergwißt/daß wir seinen Mitlen vnfehlbar werden nachkom-
men / so seyn wir eben darumben der Seligkeit nit vergwißt. Auff
obigen nun vns bößlich angedichteten Fundament bawet Hofmann seine übrige Calumnien/namhafft in seiner parenthesi: Ein jeder, auß vns glaube: Der
Himmel sey nur für andere/nit für sich bereitet; Ein Papist zweifle an
Vergebung der Sünden/vnd an dem ewigen Leben; Ein Papist sey nit
gewiß/daß Gott sein gnädiger Vatter sey; Daher darff er das Vatter vnser nit betten. Diß seye der Kern der Papistischen Lehr. P. Haidlberger
bekenne dises selbsten/ ꝛc. Welches nit ohne höchste Schand deß Luther-
thumbs lauter heillose Unwarheiten seyn. Ein gantz widrig Catholisches Fundament ist in dem Concilio von Trient (so er oben n. 85. more solito mißge-
braucht) Sess. 6. c. 13. ʒu finden. Nemo sibi aliquid absoluta certitudine polli-
ceatur; Tametsi in Dei auxilio firmissimam spem collocare & reponere omnes
debeant: Deus enim nisi ipsi illius gratiæ defuerint, sicut cœpit opus bonum,
ita perficiet, operans velle & perficere. Veruntamen qui se existimant stare,
videant ne cadant, & cum timore & tremore salutem suam operentur &c.
Das ist: Niemand versprech jhme was vnfehlbarlich: Wiewol alle ein
festes Vertrawen auff Gott setzen sollen. Dann Gott/ so man seine
Gnaden nit außschlagt/wie er das gute Werck angefangen/ also wird
er es vollziehen/welcher das Wöllen vnnd Vollziehen würcket/ꝛc.

    Heißt das eine verdamliche verzweifelte Lehr? Unnd wie beweiset
Hofmann/daß mit diser Glaubens-Bekandtnuß die Teufel/ alle Verdambt-
ten/vnd Gottlosen übereinstimmen? Auch/sahls die Papisten (wie Hofmann
vnwarhafft spargirt) an Vergebung der Sünden/vnnd an dem ewigen Leben
zweifleten/ Stimmeten dannoch die Teuffel vnnd Verdambte nit ein: als
welche wissentlich wissen/daß es ein ewiges Leben abgebe; an desselben Gentes-
sung aber für jhre Personen verzweiflen/ nit zweiflen.

Num. LXXXIX.

$$\mathfrak{M}$$Or Beschliessung diser Materi/ möchte ich noch wissen/ Erstlich/ was Hofmannum deß H. Jacobi Send-Schreiben angehe? welches Luther in Præ-
fat. nur ein ströhine Epistel nennet? Ist sie ein H. Schrifft/ so schäme sich Hofmann an Luthers statt! Ist sie aber kein H. Schrifft/ sonder warhafftig ströhin
vnd trocken/was Prob will dann vnser Seminiverbius hierauß erpressen? Wir
Catholische halten sie zwar vor ein Göttliches Wort / sagen aber: Es folge
auß angezogner Stelle gar nit / daß wir all vnser Bitt-gewehrung vergwißt;
Allermassen wir nit vergwißt seyn/ ob vnserseyts wir die requisita eines kräff-
tigen

gen Gebett erfüllen? in betrachtung Christus nit absolutè, sonder conditionatè vns zu erhören/ versprochen hat. Besihe den Englischen Thomam 2.2. q. 83.a. 15.ad 2,& a. 16. in C. Zum 2. Möchte ich wissen/ ob Christlich eben so vil seye als Catholisch? Wo nit; warumb sagt dann Hofmann/der Lutheraner glaube an eine Christliche/oder Catholische Kirchen? Wo aber; so nenne er mir das Griechisch Lexicon, in dem dise Ubersetzung gefunden wird. Schand ist abermal/die von Luther begangene Betrügerey/ welcher auß Apostolischen Glaubens-Bekandtnuß das Wort Catholisch oder Allgemein/ nit ohne sonders crimen falsi außgekratzt; vnd Christlich darfür eingeflickt! Unser Hofmann aber wolte es für einerley verkauffen!

Num. XC.

Endlichen möchte ich wissen: Was doch dise eytle Wort-Vertröstung/ lauff die Gewißheit der Seligkeit der armen Lutheraner nutz bringe? Da die Sach selbsten (laut H. Schrifft) in dem Widerspil sich verhaltet. Prov. 28. Beatus homo qui semper est pavidus. Selig der Mann/ so immer forchtsamb. Item 1. Cor. 10. Der da vermeint er stehe/sehe zu/ das er nit falle. Item Rom. 11. Sihe die Güte Gottes in dir/ wirst du anderst in der Güte verbleiben/sonsten wirst auch du außgehawt werden. Item Gal. 5. Ihr seyt von der Göttlichen Gnad entfallen/ec.

Nun liebe Herren Lutheraner/weil jhr sagt: man werde durch den Glauben allein gerechtfertiget; auch Schade der Gerechtfertigung keine Laster/ ausser deß Unglaubens; wann dann die Grechtfertigung kan verloren werden/so zihlen ja alle beygebrachte Betrohungen allein auff die Verlierung deß Glaubens: welcher/wann er auch kan verloren werden/laut jenes gar außtrucklichen Texts Rom. 11. Tu fide stas, noli altum sapere, sed time! Du stehest durch den Glauben/seye nit hochtrabend/ sonder förchte! So verlieren sich darumb alle Rechtfertigungs-Mitl. Drumb seyt jhr der Seligkeit nit vergwisset. Darumb heißt es: Mein Volck! die dich selig sprechen/ betrügen dich! Isa. 3. Höret doch jhr verführte Täublein Ephraim! Sagen nit die Calvinisten eben so wol/sie seyen der Rechtfertigung/vnd Seligkeit vergwißt? Unnd zwar mittelst deß einigen special Vertraw-Glauben? Ich frag: Laßt jhr jhnen dise Gewißheit passiren/oder nit? Laßt jhrs passiren/ so gestehet jhr eine Seligkeit/ ausser der wahren Kirchen-in deren ja Calvinisten/ewrem Urtheil nach/ nit gezehlt werden. Laßt jhr sie aber nit passiren/ so heißt euch ewere Lehrer den Underscheyd weisen/zwischen euch/vnd den Calvinisten! Sie seyn Ketzer sprecht jhr, Ich zeige aber/daß dises der Seligkeit einigen Mangel nit bringe: Kein Sünd ausser deß Unglaubens wider den special Vertraw-Glauben / schadet der Seligkeit; Ketzer seyn ist nit der Unglauben wider den special Vertraw-Glauben; Ergo schadet Ketzer seyn/der Seligkeit mit nichten.

Ma-

Major propositio ist Luth. de Captivit. Babylon. fol. m. 18. suprà cit. Minor wird also bewisen: Ein Ketzer seyn (Exempelweiß wider den Articul deß Frontleichnambs) ist nur ein Unglauben wider die fidem Historicam: bey welchem ein Calvinist dannoch noch seinen Vertraw-Glauben üben kan; als welcher kein dependenz hat von dem Historischen Glauben. Dann fahls jener Glaub von disem eine dependenz hätte; so hätten die Lutheraner eben darumb auch keinen rechten Vertraw-Glauben, weilen sie durch vil Stuck in fide Historica mit den alten offentlich verdambten Ketzern halten. Hierüber erwarte ich mit grossem Verlangen: Was Antwort! vnd also folgendlich: Was Trost die Predicanten jhren Schäflein werden außfolgen lassen? Jetzt widerumb zu deß Seminiverbii Text.

Seminiverbius.
Num. XCI.

Weil wir nun dises von jhme selbst gören/ so ist vnnöthig mit jhme/ von dem Antichrist/oder Beruff der Lutherischen Predicanten/oder sonst jemals ferner zu disputiren/weil doch ohne diß an jhme/so lang er dise Lehr führet/ Hoppe vnnd Maltz verloren ist. Dann von disen beyden Materien handelt er im letzten Bogen als vnverständig, vnbefugt/vnd vntüchtig. Vnverständig tractirt er das von S. F. vorgeworffene Argument von dem Anti-Christo! in dem er minorem deß selben negirt/ da doch selbige in denen von S. F. angezognen Theologischen Schrifften zur gnüge probirt ist/worauff sich S. F. beruffet/ vnnd P. H. hätte antworten sollen; weil er diß nit gethan/so hat er nichts geantwortet. Hingegen bringt er andere Einwürffe auff die bahn/p. 29. welche in bemelten Schrifften von Wort zu Wort widerleget seyn. Warauß wir sehen/ daß er sie eintweder nicht einmahl gelesen/ sonst würde er ja so gar vnverständig nicht seyn/ vnd die wider

Castigatio.
Num. XCII.

Schon in dem 88 num. ist erhellet/ daß Hofmann P. Haidlberger Gewalt angethan/ als dem es niemahlen in den Gedancken gekommen/ schweigens in die Feder geflossen/ Ketzer Articul zu bekennen. So ist auch nit wahr/ daß die von P. Haidlberger wider den Pabst (als fälschlich außgesprengten Antichrists) negata Minor jemahl von einigen Menschen seye bewisen worden; sondern es bleibt darbey: Ewer Manier wider den Pabst zu probiren/ist wie die Prob der Venedischen Metzen/sich selbst Jungfrawen zu beweisen. Besihe Anti-Lanium à n. 21. usque ad 17. Unnd wie darff doch der böse Mann sagen: Sie seye zu gnügen probirt? da ich ja in der Erörterung p. 28. n. 7. & 8. Sigismundum zu einem überwisenen Fälscher der H. Schrifft (auß deren er seinen Beweiß nemmen wolte) der Welt dargestellt? Secht geehrte Herren

derlegte Sachen vorbringen; oder nichts mehr weiß / als auff der alten Geige zufiedlen/welches eines von den gemeinen Papistischen Gulden-griffen ist. Unbefugt ist er p. 3. vnnütze/arglistige/vnnd was die Lehr belangt / längst beantwortete Fragen von dem Jure Episcopali der Augspurgischen Obrigkeit vnd andern erdichteten vnd vngereimbten Dingen auffzuwiglen oder auffzuzugen. Die Lutheraner wurden trefflich Ehr darvon haben / wann sie auffbegehren eines solchen vngeschickten vnd vnverständigen Disputatoris/sich mit ihme solten in ein Disputat einlassen: Gleich/ als wann der Gukuk begehrte in der Capelle eine Stimme zu singen / vnnd man solle seinem Anerbieten willfahren. Vnd weil er selbsten sagt/pag. 30. Er hette seine Fragstucke zu dem ende auffgesetzt / daß den Lutherischen Pfarr-Kindern auß dem Zweiffel möchte geholffen werden/ so hätte Er zuvor erweisen sollen/daß bey den Lutherischen Pfarr-Kindern ein Zweifel darüber entstanden; welches Gottlob! noch von keinem gehört worden. Darumb ist auch nicht vonnöthen / wegen ermanglung dises End-Zwecks / dieselben zubeantworten. p. 3. bekümert sich also vmb vngelegte Eyer: vnd mag er mir zuvor/ehe er sich vmb die Lutherischen Pfarr-Kinder bekümmert/die P.3. Vorsorge gar nit verlangen/dahin trachten / wie er seinen eigenen Pfarr-Kindern/die durch seine Lehr von der Vngewißheit Göttlicher Gnaden erregte Gewissens-Zweifel benehmen möge.

Lutheraner! die Schrifft verfälschen/vnd darmit probiren/heisset eweren Lehrern eben so vil/ als: zu gnügen probiren. Daß sich ferner Sigismund/ auff gewisse Theologische Schrifften berufft/vnd ich / Hofmännischem Vorgeben nach / darauff hette antworten sollen / wird vor eine gar vngeschickte Sach auffgenommen. Dann weilen Sigismundus vnd Hofmannus :c. nach Luthero sich wider den Pabst (so vor Luthers Zeiten vil 100. Jahr in possessione gewesen) ihne von der Possession zu verstossen/für Actores auff-führen/ so ligt ihnen das onus probandi ob dem Halß. Mir(für den Pabst) ist genug/dise Actores wegen Schrifft-Verfälschung / der Welt vor vnwarhaffte Leuth vorzustellen/vnd ihre minorem beständig zu negiren;biß Gegner / vnd seines gleichen auff S. Nimmerlins Tag sie beweisen wird.

Uber das übrige liederliche Hofmännische Geschwätz verliere ich hie kein Wort mehr. Nur weise ich den begirigen Leser auff den obigen n. 15. Allwo er die sach beantwortet findet/ wie sie es verdienet. Entzwischen haben die arme Lutherische Seelen nit allein den Zweifel vnd Scrupl dises so hochwichtigen Religions-Stuck in dem Busen / sondern auch die Schamröthe in dem Augesichte; wann sie hören/vnd sehen müssen/
daß

daß ihre Lehrer so offt es was wichtiges antrifft/ alsobald schändlich das Fer-
sengeld geben; oder mit liederlichen Excusen, vnd vngereimbten impertinen-
tiis das Holtz überzwerch zu klieben suchen.

Seminiverbius.
Num. XCIII.   §. XV.

Vnd was nutzet es endlich vil speculativè vom Beruff der Prediger
disputiren/ wann ein Papist practicè,
vnd in der That selbsten niemahls gewiß ist/ sondern immer zweiflen muß/
ob ein Römischer Priester mit recht
vollkommener Andacht/ vnnd Auff-
achtsamkeit getauffet sey? Sonst ist er
kein Priester. Ob der Priester/ der jhn
getaufft / auch selbst recht mit aller
Intention getauffe/ vnnd deßgleichen
von seinem Bischof/ vnd diser von einem recht getaufften/ vnnd recht er-
wöhlten Pabst; einer wie der ander /
mit rechter Intention ordinirt seye?
Sonsten seyn alle Päbstische/ vnnd
Priesterliche Verrichtungen / vnnd
was auß ihnen erfolget/ nichtes / vnnd
vngiltig. Vnd weil weder P. H. noch
einig Römisch-Catholischer Christ dises gewiß vnnd ohne Zweifel wissen
kan/ so bleiben sie alle vndereinander
in einem vnendlichen Labyrinth stecken. Da hat P. Haidlberger nit der
information seiner eigenen Pfarr-Kinder (wiewol er keine hat/ weil er nicht
erweisen kan/ daß er ein recht getauffter vnd ordinirter Pfarr sey.) Gnung
zu thun/ jhnen ihre Zweifel zubeneh-
men/ welches er ohne Widerruffung
seiner Lehr nimmermehr thun kan /
noch darff: vnd bleibet er sambt seinen

Castigatio.
Num. XCIV.

HOsmann will mir auff den
Predicanten-Beruf kein Antwort folgen lassen/ biß ich darthü:
daß ich ein Christ seye. Ich ersuch
jhne aber/ vnnd all seines gleichen
vmb bidermännische Erläuterung
von Heydenthumbs wegen / so
villeicht einer auß selbigem wolte
ein Lutherischer Christ werden;
welche liebe dise Herren nicht können verweigern/ in ansehung deß
außtrucklichen Befelchs 1. Pet. 3.
v. 15. Aber weiter von hinnen zur
Hauptsach! Was hören wir? stecken die Papisten darumb allzeit
in einem vnenlichen Labyrinth/
weilen keiner gewiß wissen kan/ ob
etwann der Röm. Priester recht
absolvirt/ consecrirt/ selbst recht getaufft seye? Ist er einewebers nit
getaufft / oder nit consecrirt / so
absolvirt er nit giltig/ vnd wand-
let in der Meß nit giltig. Absolvirt er nit giltig/ so ist der Papist
seiner Sünden nit ledig. Wand-
let er nit giltig/ so hat der Papist
kein Sacrament. Ja es kan ehte
Nichtigkeit der Sacramenten ein-
lauffen/ auß Mangel der Intention: gestalten wir nie versichert
seyn/ ob der Priester die Intention
zu tauffen/ zu absolviren/ zu conse-
cri-

Zuhörern vngewisse vnd zweifelhaffte Christen; so lang (biß auff Nimmermehrs-Tag) P. H. erwisen / daß Er/ vnd alle die jenigen / von welchen sein Christen- vnd Priesterthum dependiret/ rechte Christen vnd Priester seyn. Vnd so lang er dises nicht wird dar-thun / wird niemand sich weiter mit jhme einlassen / oder seine vngeschickte ärgerliche Schrifften zu lesen würdigen: sondern man halt jhn vnderdeß vor einen Vn-Christen/ vnnd falschen Propheten/ der nicht zur rechen Thür in Schafstall eingehet / vnnd welcher nit ehe anderer Propheten Beruff tadeln soll/biß er sich zuvor selbst legitimire. Dann nach seiner eigenen oben angezogenen Regul heißt es: Was einer vor Fehler an sich selbsten befindet/ die wirfft er einem andern vnverschambter vnd fälschlicher weise/oder nach P. H. Redens-Art ohne Stirn/ vnd Warheit vor / warbey es auch bleiben mag.

 Omnia ad Majorem Confusionem Georgii Haidlberger.

eriren gebürend gehabt habe? ausser deren die Sacramenta abermahl null wären. Ich geschweige der hierzu erforderten Sacramentalischen Worten. Ob sie die Minister Sacramenti recht außgesprochen; vnd was das meiste ist/ weil eines Priesters Gewalt von Bischof gegeben wird/wie / wann der Bischoff selbst/auß was Mangel es nun wäre/nit recht getaufft? Nit Bischöflich geweyhet wäre? so were er kein Bischof. Endlich biß auff den Pabst zu kommen: Fahls er selbst nichts nuz seyn solte? widrige Intentiones führete? nit recht getaufft wäre? So wären ja alle von jhme in die gantze Kirchen herrührende Jurisdictionen/vnd Gewalthabung für nicht vnd verworffen zu halten. Da dann hat P. H. (sagt Hofmann) gnug zu thun/denen Papistischen Pfarzkindern den Zweifel zubenehmen/vnd jhnen also auß dem Labyrinth zu helffen! Ich lache deß

Labyrinth! Bey den Catholischen ist es ein außgemachte sach/ daß ordinariè in particular keiner/weder der Gnaden/weder der Seligkeit vergwißt; Wol aber/ gänzlich vertröst seye; wo es auch immer herkomme; so diß Orths außzudisputiren nit ist. Jedoch besihe hievnden n. 95. Entzwischen gelangen

Vierzehen Frag-Stücklein an das Lutherische Augspurgische Ministerium.

ERstlich: Ob man im Lutherthum vergwißte/daß Martin Luther recht getaufft seye? Dann widrigen fahls wäre er kein Christ gewesen / laut ob-er Lutheri selbst Anzeig n. 89.

2. Wie

2. Wie man von Lutheri Tauff vergwißt seye? An certitudine divinæ fidei? an humana tantùm? Das ist: **Mit Göttlicher Glaubens Sicherheit?** Oder nur mit Menschlicher/vnnd eben darumb zweifelhafftiger Gewißheit?

3. Weil man Lutherischer Lehr nach/ divinâ fide keiner sachen vergwißt ist/ dann alleinig auß der Schrifft; so wird begehrt/ ob eine klare Stell von Lutheri Tauffs Gewißheit vorhanden seye? vnd wo?

4. Wann an seinem Tauff/ in Ermanglung Schrifftlicher Zeugnuß-Stelle/ billich zu zweiflen: wie mann dann seines Beruffs vergwißt seye? Gott hat ja keinen vngetaufften Un-Christen / als einen außerwöhlten Werckzeug/ vnd Evangelisten zu Reformirung der Kirchen / zu Außbreitung deß Wort Gottes / vnnd Administrirung der Sacrament specialiter außerwählet? Eben deßgleichen/ vnd vmb gleicher Ursach willen

Fragt sich zum 5. von der Academia, in deren Luther doctorirt; vnd von dem Bischof/ der jhne zum Priester consecrirt / vnnd von der Gemeinde der Sächsischen Kirchen/von denen er; nach Underschid der Meinungen) solle beruffen seyn worden? Sehet liebe Lehrer/ was Labyrinth? Dann wann Luther nit gewiß getaufft/ so ist er nit gewiß beruffen: Ist er nit gewiß beruffen/ so mußt jhr an seiner Lehr zweiflen: Seye also der Seligkeit nit vergwißt.

Zum 6. Weil Luther selbst bekennet: Er habe sein Lehr/ die privat-Meß betreffend/ von dem Sathan erlehrnet: deme er auch / eigener Bekandtnuß nach so zugesellig; daß er vil mehr bey jhme/ als bey seiner Ratte geschlaffen. Symp.f.m.159. Ob nit vernünfftig zu sorgen seye/ Luther habe auch andere Articul vom Sathan erlehrnet? Und also seye jhr ewerer Lehr/vnd folgendlich sambt eweren Schäflein der Seligkeit/ mehrmal nit versichert.

Zum 7. Weil sich der Lutheraner Seligkeit auff den puren fiducial-vnd Sola-Glauben stewret; wie man dises Articuls / vnnd also der Seligkeit könde vergwißt seyn? gestalten es in der Schrifft nit gefunden; sonder den Papisten nur zu Trotz; den Lutheranern aber wegen der Teutschen Sprach / von Luthero eingestickt worden? laut eigner Bekandtnuß. Tom. 5. Jehn. f.m. 141.

Zum 8. Weil nicht allein all andere Lutherische Werck auß jhrer Natur lauter Todsünden seyn/ sonder auch der special-fiducial-Sola-Glauben selbst; ob es nit Gottsläßterlich seye/daß erwehnter Vertraw-Glauben das höchste vnder allen Gebotten seye? vnd also mittelst einer (NB.) gebottenen Todtsünd der Mensch seiner Seelen Seligkeit vergwißt werde? Besihe fleissig obigen Num. 56.

Zum 9. Ob es nit zweiflens würdig: daß jene Religion zum ewigen Leben versichern solle/ welche nichts dann lauter todte Höllen-Früchte; das ist: Todsünden gebäret? Vid. n. 56. cit. Unnd wie jener deß Lebens versichert seyn kön:

könde/ der lauter Zeichen deß Todes hat? Wider der Schrifft außtruckliche Erhaischung 2. Pet. 1. Fleißt euch desto mehr/ eweren Beruff vnd Erwöhlung durch gute Werck gewiß zu machen/ dann so jhr solches thüt/ werdet jhr zu keiner Zeit sündigen.

Zum 10. Weilen eben diser (wie auch imer beschaffne) Vertraw-Glauben verloren werden kan; vnd von manchem verloren worden ist: in weme dann endlich (NB.) der Seligkeit Vergwissung bestehe? vnd wie man bey so beschaffnen dingen dem gemeinen Mann im Lutherthum den Schwermuht nehmen könde? Besihe oben n. 89.

Zum 11. Weil man einestheils die Gebott Gottes (wenigst innerlich) nit halten kan; anderntheils aber das gröste Gebott der Glaub ist; ob nit ein Lutheraner zu bekennen schuldig seye/ es mangle jhm der fiducial-Glauben? Und also seye es jhme wol gar ein Religions-Articul: daß er der Gnaden/ vnd Seligkeit (NB.) nit versichert seye? Ja eben auß disem Fundament/ weil die Predicanten/ laut jhres eignen Articuls die Gebott Gottes nit halten können; muß ja ein jeder Lutheraner bekennen/ es seye gewiß/ daß jhne (NB.) die Predicanten nur betriegen; weil sie deß verbottenen Betrugs/ Unwarheit/ etc. nicht können müssig stehen! auch in Verkündigung deß Evangelij selbsten?

Zum 12. Weil jhr Herren in etlichen Haupt-Stucken deß Glaubens einander gänzlich zu wider; vnd also eintwederer theil ketzerisch ist/ Ex. gr. Die Calixtiner/ oder Hülsemannische/ die Concordisten/ oder Anti-Cordisten/ die Ubiquenteler/ oder jhr Gegentheil/ etc. Entzwischen alle zusamen/ vnder dem Titul Lutherisch/ oder der Augspurgischen Confession Euch betragt; so fragt sich/ ob beede theil den Vertraw-Glauben besitzen? vnnd mittelst seiner/ selig werden mögen/ oder nit? Antwortet jhr Herren mit Ja/ so haben die Calvinisten/ Anabaptisten/ Quackers etc. auch den rechten fiducial-Glauben; vnd also die Gewißheit selig zu werden. Antwortet jhr aber mit Nein: so begehre man einen gründlichen Außspruch: Welcher theil recht habe? Entzwischen ist in ermanglung dessen kein Parthey der Seligkeit versichert; Eben darumb/ weil jedwederer theil auß gleichem Fundamente den rechten privat-Geist haben will: vnd doch einer vnrecht daran ist. O liebe Lutherische Seelen!

Zum 13. Weil Lutherischer Lehr nach der Mensch keinen freyen Willen zum Guten hat/ sondern sich nur passivè haltet; Gott aber alles alleinig/ ohne einiges Menschen zuthun in jhme würcket. Tom. 2. wittenb. Lat. de serv. arbit. f. 468. Vnnd wann er (der Mensch) das seinig thut/ sündiget er tödtlich. Tom. 1. Iehn. f. m. 429. So verlangen wir Catholische zu wissen: Wie der Lutheraner könde vergwißt seyn/ daß Gott in jhme seinen Vertraw-Glauben/ biß zu ende fortpflantzen werde! Und was seiner seyts/ zu disem

Zweck

75

Zweck erfordert werde? in bedencken/(NB. Ja alles ohne einigen Außnam/ was
ja durchgehend fürgeschlagen möchte werden/in deß Menschen Macht/ vnnd
Willkhur durchauß nit stehet; vnd wan er sein bestes thut/ lauter Todesün=
den thut. Welches dann nit allein einen Zweifel/sonder gäntzliche Verzweif=
lung der Seligkeit mitbringt.

14. Weil der Mensch kein freyen Willen zum Guten haben soll: Ob
ein Catholischer (so er wolt) Lutherisch kundte werden? vnnd also der Lutheri=
schen Gewißheit geniessen/vnnd ob Lutherisch werden/eine Tod=Sünd seye?
Ja ob er auch nur kundte wollen Lutherisch / vnnd also der Seligkeit ver=
gwißt werden? vnd wie es müsse zugehen?

Bey disen harten Fragstucken / zaigt sich ja gewißlich; wie meines Geg=
ners vngegrundete Klag/wider der Papisten Ungewißheit zur Seligkeit/ nur
ihme selbst zu Unglimpff geraiche/in ansehung/daß die letztere Frag-Stuck vn=
aufflößlich; die erste aber ihne noch darzu selbst retorquendo vil harter trin=
get/als er vns vorrupfft. Da/da laß sehen! Was nutzt es/ speculativè von
Gewißheit der Seligkeit reden; wann practicè die Höll für böse Lutheraner so
wol/als böse Catholische/vnangesehen alles Vertraw-Glaubens/ gebawet ist!
So vil wird an das Lutherische Augspurgische Ministerium von darauß ne=
dißmal gesinnet.

Num. XCV.

DAmit es aber in einer so hochwichtigen sache an keiner nothwendigen
Information von seyten der Catholischen ermangle; wiewolen ich bevor
kein Antwort schuldig wäre / ehe daß mir meine Fragen von denen Gegnern
auffgelößt wurden(so wider alle Bidermanns-Ehr biß dato nicht geschehen;vn=
der dem liederlichen/ vnwarhafften Vorwand: Es seye eine alte Geigen/ ꝛc.
schon zu gnügen widerlegt/ꝛc.) Nichts desto weniger / damit der Catholischen
Auffrichtigkeit allerseyts erscheine/so wird ihre Lehr summariter eröffnet/ wie
folgt.

Erstlich lehren wir/vnd glauben für gewiß/daß Gott die Catholische Kir=
chen niemal dergestalten verlasse.daß sie ins gemein wahrer Priester/ Bischö=
fen/Päbsten/ H.H. Sacramenten ꝛc. lange Zeit/oder universaliter , oder mei=
stentheils beraubt/oder darinnen betrogen werde. Deß wie es zum theil auff
Gottes Versprechen Matth. 20. v. ult. 1. Timoth. 3. v 15. gebawet ist; also
andertheils auff sein bekandte Vätterliche Vorsichtigkeit / zu deren man hier=
in am sichersten die Zuflucht hat: daß sie eintweder dergleichen weitläuffige
Fehler nit zulasse/oder auff sonderbare weiß bald Mittl schaffe/damit die heilige
Kirchen/deren köstlichen/mit eignem seinem Blut angemachten Artzneyen(als
da die H.H. Sacrament ꝛc. seyn) nit enteperen müsse.

3. Particular-Personen/oder jeden insonderheit betreffend; daß sie nach
allem

...angenommene ihrer Absolution / Begnadigung / Rechtfertigung / ꝛc. es seye gleich mit rechter Tauff / oder der Buß / mit vorgwißt seyn / ist nit allein ... und vernunfft / sonder kombt mit deß Göttlichen Worts unfählige Ora- culis, oder Zeugnußen / und dem jederzeit einstimmenden Urtheil der H. Kir- chen / gänzlich überein. Warüber sich auch niemand billich zubeklagen hat. Al- lermassen / weil der Mensch in einer Sünde steckt (NB.) ist Schuld und Straff underworffen / und so wan dürfftig / jemahlen bey Gott in Gnad auffgenommen zu werden. Widerfahret nun dises jemanden / so geschicht ihme nit unrecht.

Num. XCVI.

Jedoch bekennen wir zum dritten: Die bey ihrem Alter und Verstand seyn / daß selbigen vor ihrem Tode / an genugsamen Mitlen / und Hülff / in Göttlichen Gnadenstand sich wider zu setzen nit ermangle; Wofern sie es aus der Stäu sich selbst nit erwinden lassen. In welchem fahl Gott so gut ist / daß er auch den H. Wasser-Tauff selbst nit erfordert / wa ihme die Noth etwann außschliesset; in welchem fahl er mit einer einigen Ubung der Liebe / oder vollkommenen Rew und Leyd zu friden ist.

Ob schon dise Liebs-Würckung einerseyts, in den unmündigen Kin- dern nit statthat (was auch etliche Lutheraner / umb eines erdichteten / unge- gründeten Trosts willen hiervon fabuliren) anderteils sie ohne Tauff nit in Himmel kommen; strafft doch Gott dise junge Kinder nicht mit der Pein der ... sonder nur mit Beraubung deß Gött- lichen Anschauens. Warüber weder die Eltern deß Kinds / noch die Kinder selbst ... nemblichen auß oben eröffneten Fundament; das / welcher ... Gott nit gefallen ist / auß sich selbst nit würdig seye / wi- derumb in Gnaden-Stand zu tretten. Gott warßt aber die armen Menschen / mit Maß seiner unergründlichen Vorsichtigkeit auch ohne ihre Verdienst / wo ihme ...

Entzwischen bleibt es endlich / und zum 6. in dem Catholischen Christen- thumb bey disem: Daß ... ein jeder insonderheit für sich weder deß Heiligen Tauffs / weder der genossenen Eucharistiæ, weder die Priesterliche Absolution / weder der Consecration / ꝛc. lediglich versichert seye. Jedoch verständiglich / ordinariè nit daran zweiflen; sonder Gnad und Rechtfertigung / wie auch der bevorstehenden Seligkeit Trost und höchstes Verträwen nach anlaitung über- natürlicher Hoffnung / ohne einige Gmüts-Unruhe schöpffen; und deme zu folg / zur desto wohlgemühter und dapfferer an den Pflug greiffen solle.

Diß ist der Kern Catholischer Lehr / lieber Christ ; nicht wie Hofmannus §. 74. unterew von uns geschriben. Bey welchem Fundament dann / bleibe P. Haidlberger recht getaufft / und recht ordinirt; So kein gescheider Mann di- streitlich machen / oder dessen Widerspil ihme ohne höchsten Unverstand an-
schmi-

schmitzen kan: Weil kein einige vernünfftige Ursach zu mutmassen vorhanden/
Dann wie nit alles warhaffte Wesen so hochwichtig ist/ daß es verdiene/ der
Nach-Welt überschriben zu werden; also ist uti, alle Falschheit so großen Be-
denckens/ daß es der Mühe werth/ sie den Nachkomblichen mit bekümmerung
auß dem Kopff zu bringen. Es ist genug/ was zu laugnen ist/ laugnen; und die
Unwarhafftigkeit deß Urhebers/ in andern Materien erweisen; So ich von an-
fang dises Wercklins durchgehend gethan/ nechst Gottes Ehr/ und der Seelen
Heyl/ anders nichts abzihlend/ als:

      Omnia ad Caspari Hofmanni Conversionem!

Restirende Schuldforderung/ an Georg La-
ni/ an Sigismund Freymuthen/ an Casparum Hofman/
an das Lutherische Ministerium zu Augspurg/ und an die übrige
      Lehrer Augspurgischer Confession.

      Num. XCVII.

WEilen so wohl auff Anti-Lanii, als auff der Freymuhtischen Erörterung
Substantz/ wider dapfferer Männer Wolanstehen mehrmal nichts geantwortet: Sonder der Author nur mit Ungrund unnd Schmach-Worten angehal-
ten/ auch die arme Lutherische Schäfflein in so vil Zweifel-Seuchen aller perplex
und in Verwirrung gelassen worden; also wird Ich genüsiget/ euch Herren/
mit einem Schuld-Register, deren bißhero unverantworteten Stucken, zu erinnern, und zu abstattung steurer gebühr nochmalen freundlich anzuhalten. Wolan!

Ich begehrte: Weil der Process wider die Ungarische Predicanten, weder in
omnibus, noch singulis, von Lani selbst allegirten Klagstucken/ grausam/ unerr-
hört, unzeugnich ist/ mit was Recht dann er also von dem Lani könne genennet
werden? Freymuhe antwortet. z. N. Haidlberger kan nit leyden/ daß M.
Lani die Papistische grausame Gefängnuß so Teutsch beschreibe.

2. Ich begehrte; Warumb der Röm. Kayser von dem Pabst/ Papistisch;
von Christo Christlich. nicht mehr Papistisch/ nicht aber vom Anti-
Christ Antichristisch? Hofman Antwort p. 14. Dem P. Haidlberger träu-
met/ er wolle hiemit die Lutherischen alle in ein Maußloch jagen.

3. Ich erwartete einen Beweiß/ Daß Lani wegen der Religion seye an
die Rueder verdambt worden? als welche Sach dem Röm. Kayser gar nahend
gehet. Freymuht antwortet p. 6. Diser Anti-Lanista wirds mit seinem La-
ftern dahin nit bringen/ daß man ihm mehr glaube von der Unga-
rischen persequution, als denen 2c. Exulanten.

4. Ich erwartete im Anti-Lanio n. 49 ein nachtrucklich Fundament:

Warumb den Lutheranern der Titul / Evangelisch gebüre? (dessen Widerspil Ibid. dargethan worden.) Freymuht antwortet p. 16. Waiß der Jdiot nit/daß sie solchen Titul in offentlichen Reichs-Conventen/ vnnd in andern Transactionen führen/vnd von Papistischen Ständen selbst also genennt werden? Es hat aber P. Haidlberger nit disputirt/ob sie den Titl führen? sonder ob sie ihn billich führen/vnd mit fug (nit nur Abusivè)also genennt werden? Wohlwissend / das Freymuhtisch Vorgeben ein lauterer Ungrund seye? Der curiose Leser vernehm/was Anno 1661. in Suprema Spirensi Camera Imp. decretirt worden/über eine damahls einkommende Supplication/ pro Ulteriori Mandato de revocandis attentatis &c. in sachen einer Augspurgischen Confessions Gemeind zu W. deren Anwalt sich Evangelisch zu nennen verfräfelt / mit disen Worten: So bittet Anwalt: E. Fürstl. Durchl. geruhen seinen Principalen wider die Clevische Regierung ein Ulterius Mandatum de revocandis attentatis S.C. gnädigst zu ertheilen; darinnen &c. gebotten werde die Evangelische Augspurgische Confessions-Verwandte Gemeinde bey ihrem Exercitio Religionis &c. ohne hinderung zu lassen/&c.

Waruber dem Supplicanten/pro appendice, folgende Antwort worden: Vnd solle Supplicant sich hinfüro/ in seinen Schrifften vnd Supplicationen/ an statt deß Worts(NB.) Evangelisch/ deß in Reichs-Abschiden (NB.) vnnd Stylo Camerali herkommenden Præjudicati, (NB.) Augspurgische Confessions-Verwandte/alleinig gebrauchen. In Concil. 20. August. Besihe Jacobum Blumen U. J. Doct. vnd deß Hochlöbl. Camer-Gerichts Advocaten im Formular-Buch Supplicationum Cameral. Franckf. Anno 1666. p. 631. Wie laßt sich das hören? Secht doch zu/ liebe Herren Lutheraner/ wie in offentlichen Reichs-Conventen &c. Euch diser Titul (Evangelisch) zukomme! Der gute Lutheraner wolle nechst obstehende Wort: deß in Reichs Abschiden/vnd Stylo Camorali herkommenden Præjudicati, nit auß Augen lassen!

5. Ich demonstrirte im Anti-Lanio à n. 49. daß die Lutheraner das Evangelium nit Rein lehreten; vnd also (der Benamsung vngeacht) reipsa nicht Evangelisch wären. Dise Demonstration solte mir Gegner vmbstossen. Wie thut er ihme? Er sagt: Wir (Lutherische) haben das Evangelium Rein.

6. Ich überweise sie: Daß sie nit Vnverändert Augspurgischer Religion seyen (Anti-Lan. n. 55.) Freymuht antwortet ohne weitere Prob: Es seye eine Haidlbergische Centner-Lugen; das Widerspil seye von Valent. Alberti erwisen; als wann ein contradictorium kundte erwisen werden/ es seye dann sein oppositum zu nichten gemacht!

7. Ich probirte/ daß ſie nit Lutheriſch ſeyen: Fahls aber ſie diſe Proteſ-
ſion behaupten wollen/ fragte ich: Wie weit ſie Lutheriſch wären? Freymuht
antwortet: Wir halten den Lucher nit für vnſern Pabſt / vnd Ober-
Meiſter: ſonder er hat die Evangeliſche Lehr ꝛc. ge:einiget. (NB.) So
ſeyn ſie dann Reis-Evangeliſch von dem Luther; vnnd dannoch halten diſe
danckbare Leuth jhne nit für ihren Ober-Meiſter. Diß iſt/ was Anti-Lan;
fi. 60. vnd 61. b:mörckt.

8. Ich begehrte: Was die H. Schrifft nutze/ wann das gantz Wider-
ſpil/Lutheri Regl nach/ muß verſtanden werden? Und ob hiemit die Schriffe nit
außgetilge werde? Antwort. O.

9. Ich erwartete Erklärung deß Predicanten-Beruffs Hofmanns.
15. antwortet: So lang P. Haidlberger nit wird darthun: daß er / vnd
all die jenigen/ von welchen ſein Chriſten- vnd Prieſterthum dependirt/
rechte Chriſten ſeyen/ wird niemand ſich weiter mit jhme einlaſſen. Beſihe hieoben n. 94.

10. Ich begehrte zu wiſſen: Mit was Prob die Jeſuiter (von dem Lani) in das Rebellions-Spil gebracht werden? Antwort. O.

11. Ich überwiſe p.18 & 19. der Erörterung Sigismundum Freymuht
ſchändlicher Untrew vnnd Verfälſchung in Anziehung Gramondi/ wider die
PP. Societatis &c. Man erwartete/ wie Sigmund von dem Crimine falſi ſich
wurde außhalfftern? Hofmann antwortet für jhne §. 12. Warumb will P.
Haidlberger ſolche jhre (Jeſuiter) Thaten lang entſchuldigen? Beſihe
hieoben n. 69. & 70.

12. Ich erwartete: Ob im Lutherthum man ſich einiger Miracul rühmen dörffe/ oder nit? vnd was Gattung? Antwort: P. H. iſt ein Pantagrivele,
Poſſenreiſſer/ꝛc.

13. Ich begehrte zu wiſſen: Welcher ein vnſtättiger Poſſenreiſſer billich zu
nennen ſeye? der die Poſſen übet/ wie Lutherus! oder der ſie nur Hiſtoricè re-
ferirt/ wie P. Haidlberger? Hofmannus antwortet: Es iſt frommen Chriſten ärgerlich vorkommen; daß er als ein Prieſter ꝛc. ſich an dergleich-
chen ꝛc. erluſtiret.

14. Ich begehrte: Wann ein Evangeliſt außtrucklich bekennt: Er ſeye
(ſeiner Reformation) nicht gewiß/ wie Luther Tom. 1. Iehn. p. m. 164. gethan:
So kühn bin ich nit / das ich daſſelbige vrtheile/ vnnd außruffe: Es
ſeye gewißlich nichts anders; wolt auch nit gern Gottes Vrtheil darüber anſtſtehen. Ob/ ſprich ich/ in diſem fahl/ man einem ſolchen nichts deſto
weniger ſein Seel in die Ewigkeit hinein vertrawen ſolle? Hofmann antwort
p. 16. Die Argumenta wider Lutheri Vocation ſeyn ſo alber / vnge-

15. Ich begehrte eine distinctivam probationem, daß die Lutherische/ nit aber Arrianische/Calvinische Religion/die rechte sey? Hofmann antwortet p. 7. Ich höre / daß Sigmund Freymuht die Haidlbergische Geschicklichkeit / welche er in Einrichtung der Streit-Schrifften gebraucht/sehr beweinen soll, als darinnen er (NB.) vorhin beantworttete/ unnd ihm nit zukommende Fragen stellet/ rc.

16. Ich wartete begirig einer Resolution auff die 16. Frag. Quicklein an das Augspurgische Ministerium, in dem Anti-Lanio n. 144. wegen der Lutherischen Bischöfen? Antwort: Ein hoch-Edler Magistrat von Augspurg wird sich hierinn von einem tollen Thum-Pfaffen nicht lassen syndiciren. 2. P. Haidlberger toht/ poche/ schmächt/lästert wider einen Edlen/Ehrenvesten Rath in Augspurg/(Lani in thral.) 3. P. Haidlberger stiche wie eine Schlange auff das Ehrwürdige Lutherische Ministerium.

17. Ich zeigte ihnen: Daß das Instrumentum Pacis keine Lutherische Bischöff mache: quatenus, und so weit die Jurisdiction Geistlich ist. Hofmann antwortet §. 14. Unbefugt ist P. Haidlb. unnuze/arglistige/und was die Lehr belangt/längst beantwortete Fragen/von dem Jure Episcopali der Augsp. Obrigkeit rc. auffzugeben.

18. Ich verlangte zu wissen: Welches auß beeden gebilliget werde: Ob der Prediger Beruff von einer Person dependire / wie M. Hopffer sagt / oder nothwendig von mehrern/Wie M. Hopffer aber nochmahls gründlich zu wider/behaupten will? Antwort: Was P. H. von M. Hopff eingestreuet/ hette der Unverstandne Hasen-Kopff wol eingen bleiben lassen.

19. Ich hoffte/man würde mir zeigen: Wie Lutherus mittelbar beruffen Lobe durch weil? Da doch seines gleichen Gläubige / Anfangs seines Absolls auff der Welt nie gewesen? Freymuht antwortet: D. Luther seye nicht mittelbar beruffen, Lude der Röm. Kirchen geschworen / aber nit dem Pabst (NB.) Hofmanus antwortet p. 16. Niede auff der Röm. Kirchen/ laut seines Discurs/nur ein particular-Kirchen. Hat also (NB.) Luther nur einer particular-Kirchen geschworen, und zwar ohne Haupt / so sich trefflich hören läßt. Noch trefflicher aber; daß er eben von derselbigen Kirchen abgefallen / deren er geschworen hatte.

20. Ich wartete: Wie sich Freymuht wegen dreyfacher (erwisener) Verfälschung der Schrifft (den Pabst betreffend) entschuldigen würde? Hofmann antwortet p. 20. Unverständig handelt P. Haidlberger / negando Minorem deß Freymuhtischen Arguments rc da doch selbige in denen von Freymuht

21. Ich bejahete/daß die vorgeschutzte Teutsche Bibl zu Coblentz/bey den P. Societatis,(in welcher der Text Rom. 3. den Sola Glauben solte begreiffen, so fern das suppositum keine Fabl)eine verfälschte Bibl seye? Hofmann antwortet: So müssen dann alle Biblen; so dises Wörtlein Allein ꝛc. in selbiger Stell begriffen/ketzerisch/verfälschte Biblen seyn? Wert Fritz! Besihe oben num. 77.

22. Ich ware begirig was zu erfahren/auff den nachtrucklichen Einwurff: daß die Herren Lutheraner kein Sacrament deß Altars haben? Antwort. O.

23. Und endlichen (damit ich vil vnd grosse andere Stuck außlasse:auff welche ich nichts in Gegen-Antwort/von den Lutherischen Lehrern (pfuy wie ihnen vnanständig!) erworben; als den Titul eines ärgerlichen Theologi, vnvernünfftigen Logici, Illegitimirten Thum-Pfarr/Guggauch/ꝛc.) so wolte ich wissen: Weil die Herren Predicanten gewöhnlich gar vnderschidliche Antworten ertheilen / wer doch vnder all ihren Respondenten recht habe? wer Richter seye? Oder ob man gar keinen redenden / lebendigen Richter zu hoffen habe? Antwort. O. Und also gehet bey disen guten Leuthen Nulla von Nulla durchgehend auff! Von denen ich doch künfftig / in dem ich sie ihrer Schuldigkeit nach/zu antworten hiemit auforderte / was anständigers hoffe. Entzwischen Periculum interitûs spectat ad debitorem morosum, Paulus in L. Nemo. 8 1. §. Si post. ff. de V. Oblig.

APPENDIX.

Lutherischen Lehrern wird hiemit von Anti-Lanio bedeutet; So sie künfftig mit lauter dergleichen vnanständigem Beginnen sich wider ihne auffführen solten; Er sie darüber einiger Antwort ferner zu würdigen nit gedencke. Hingegen werden sie noch vnd abermahlig ersucht; ihrer Religion zu Ehren; ihren eigenen Personen zu benöthigtem Respect; Vnnd ihren irrenden armen Schäflein zu schuldiger Seelen-Hülff / auff die vorgehaltene hoch- importirende Frag-Stuck sich förderlich zu erklären.

FINIS.